O homem do boné cinzento

Murilo Rubião

O HOMEM DO BONÉ CINZENTO
E outros contos

Organização:
Humberto Werneck

Posfácio:
Vilma Arêas e Fábio Dobashi Furuzato

COMPANHIA DAS LETRAS

Capa e projeto gráfico
João Baptista da Costa Aguiar

Ilustração de capa e quarta capa
Xilo Ceasa/Danilo Juliano

Fotos
Acervo de Escritores Mineiros da Faculdade de Letras da UFMG

Foto da p. 109 (anos 40)
Acervo Humberto Werneck

Estabelecimento de texto
Vera Lúcia Andrade

Preparação
Isabel Jorge Cury

Revisão
Cecília Ramos
Cláudia Cantarin

Dados Internacionais de Catalogação na Publicação (CIP)
(Câmara Brasileira do Livro, SP, Brasil)

Rubião, Murilo, 1916-1991
O homem do boné cinzento : e outros contos / Murilo Rubião ; organização Humberto Werneck ; posfácio Vilma Arêas e Fábio Dobashi Furuzato. — São Paulo : Companhia das Letras, 2007.

ISBN 978-85-359-1020-9

1. Contos brasileiros I. Werneck, Huberto. II. Arêas, Vilma. III. Furuzato, Dobashi. IV. Título.

07-2123 CDD-869.93

Índice para catálogo sistemático:
1. Contos : Literatura brasileira 869.93

[2007]

EDITORA SCHWARCZ LTDA.
Rua Bandeira Paulista, 702, cj. 32
04532-002 — São Paulo — SP
Telefone: (11) 3707-3500
Fax: (11) 3707-3501
www.companhiadasletras.com.br

SUMÁRIO

7 PREFÁCIO: A aventura solitária de um grande artista — *Humberto Werneck*

11 O homem do boné cinzento
16 Mariazinha
22 Elisa
25 A noiva da casa azul
31 O bom amigo Batista
38 Epidólia
47 Petúnia
55 Aglaia
64 O convidado
76 Botão-de-rosa
87 Os comensais

99 POSFÁCIO: Uma poética da morbidez — *Vilma Arêas e Fábio Dobashi Furuzato*
109 CRONOLOGIA
114 A OBRA DE MURILO RUBIÃO

Prefácio

A aventura solitária de um grande artista

Humberto Werneck

Os escritores em geral se dividem — ou são didaticamente divididos pela crítica — em correntes, escolas, times. O mineiro Murilo Rubião (1916-91) é um caso à parte. Durante muitos anos não houve no Brasil, e talvez não haja ainda, um contista "tipo Murilo Rubião".

Para entender melhor a sua singularidade, convém voltar no tempo, à segunda metade da década de 60, quando ocorreu o fenômeno editorial conhecido como o cacofônico "boom da literatura hispano-americana". Autores como o colombiano Gabriel García Márquez e o argentino Julio Cortázar ganharam então leitores pelo mundo afora, com uma prosa de ficção que, com sua atmosfera de sonho, leva o rótulo de realismo mágico, ou de realismo fantástico.

Traduzidos pela primeira vez no Brasil, os hispanos, como se dizia, fizeram sucesso de público e de crítica. Iluminaram um terreno pouco explorado de nossa literatura — e só aí começamos a perceber que havia entre nós, fazia tempo, um escritor cuja obra merecia ser qualificada de, em mais de um sentido, fantástica.

A matriz da ficção de Murilo Rubião não era, porém, exatamente a mesma dos hispanos: cristalizou-se sobretudo na leitura apaixonada de Machado de Assis — "aos 21 anos", costumava dizer, "eu já tinha lido *Memórias póstumas de Brás Cubas* vinte vezes". Admitia ter sido decisivamente influenciado, também, pelos alemães Adelbert von Chamisso (1781-1833) e E. T. A. Hoffmann (1776-1822), pelo americano Edgar Allan Poe (1809-49), pelo *Dom Quixote* do espanhol Miguel de Cervantes (1547-1616), pela mitologia grega, pelo folclore germânico e, de maneira especial, pela Bíblia, livro em que ele, mesmo agnóstico, ia garimpar epígrafes para seus contos — todos, sem exceção. Mas, ao contrário do que supõem alguns, entre os autores que marcaram a sua formação não está Franz Kafka (1883-1924), pois já era autor maduro e publicado quando leu pela primeira vez o escritor checo.

É espantoso verificar, hoje, o quanto Murilo Rubião foi ignorado, durante tantas décadas, quando na verdade antecipara entre nós um tipo de literatura que só vinte anos mais tarde daria renome internacional a seus confrades hispano-americanos.

Seu primeiro livro, *O ex-mágico*, saiu em 1947, pela Universal, pequena editora do Rio de Janeiro (publicou apenas quatro títulos, entre eles *Sagarana*, na estréia de Guimarães Rosa, em 1946), com tiragem de 2 mil exemplares, dos quais quinhentos foram bancados pelo próprio Murilo, que além disso, antevendo um humilhante encalhe, comprou outros mil para distribuir. (No dia em que recebeu os primeiros volumes, acondicionou quantos pôde numa sacola e saiu pelas ruas de Belo Horizonte, à procura de amigos para presenteá-los. Naquela noite, dormiu com *O ex-mágico* embaixo do travesseiro. "Nunca mais me emocionei tanto com uma publicação", dirá, já calejado, décadas mais tarde.) O segundo livro, *A estrela vermelha*, de 1953, teve tiragem confidencial, de 116 exemplares. Do terceiro, *Os dragões e outros contos*, de 1965, tiraram-se mil, que mal chegaram a algumas livrarias, pois não saíram por uma editora comercial, e sim pela Imprensa Oficial do Estado de Minas Gerais.

Não é de espantar, assim, que Murilo Rubião tenha reagido com ceticismo quando, no início dos anos 70, bateu em sua porta, em Belo Horizonte, o editor paulista Jiro Takahashi, disposto a publicar uma coletânea de contos seus. Nunca que vai vender, duvidou o escritor — e caiu das nuvens, antes de cair nas nuvens, quando, em pouco mais de um ano, 100 mil exemplares de *O pirotécnico Zacarias* evaporaram nas livrarias.

Só então, já beirando os sessenta anos de idade, Murilo começou a existir, vamos dizer, para o leitor brasileiro. E, se isso aconteceu, em grande parte foi graças a nosso maior crítico em atividade, Antonio Candido, que, ao receber em 1965 um exemplar de *Os dragões e outros contos*, se penitenciou por não haver percebido, já em *O ex-mágico*, o grande escritor que ali estava.

Poucos perceberam, na verdade. Nem mesmo o atento e generoso Mário de Andrade, com quem Murilo se correspondeu de dezembro de 1939 a dezembro de 1944, soube avaliar no primeiro momento a novidade daqueles contos datilografados que lhe chegavam de Minas pelo correio. Mário, contará Murilo bem mais tarde, gostava do escritor e se esforçava por gostar da obra...

É espantoso, também, que, sem o devido reconhecimento, e estando tão desemparelhado na literatura brasileira de seu tempo, Murilo não tenha simplesmente desistido das letras. Para felicidade dos que hoje se encantam com suas histórias, e de tantos que farão o mesmo enquanto houver bons leitores, ele perseverou.

Sem alarde, nas brechas do serviço público, no qual ganhou a vida (foi, por exemplo, um dos mais próximos colaboradores de Juscelino Kubitschek), Murilo Rubião nunca parou de escrever. Lentamente, muito lentamente — basta dizer que um de seus contos, "O convidado", demorou nada menos que 26 anos para ficar pronto, como revelou numa crônica deliciosa o poeta Paulo Mendes Campos.*

O discreto Murilo foi uma prova de que não é preciso escrever pelos cotovelos para ser um grande escritor. Em meio século de atividade literária, ele publicou, em jornais e revistas, cerca de cinqüenta contos, e para figurar em livro selecionou apenas os 33 que a Companhia das Letras, quinze anos após a sua morte, organizaria em três volumes — um dos quais você tem agora nas mãos.

Embora fisicamente magra, a sua obra pára em pé na estante de nossa melhor literatura. E isso, em boa medida, pelo fato de Murilo ter sido um reescrevedor obsessivo. Perfeccionista, rasgou livros prontos e jamais releu um conto seu sem retocar o texto, nessa busca de perfeição que vem a ser a marca dos artistas genuínos. Nada é definitivo, insistia ele. A não ser, podemos ressalvar, o ouro de uma literatura tão incansavelmente refinada como a de Murilo Rubião.

(*) "Um conto em 26 anos", em *Os bares morrem numa quarta-feira* e em *Brasil brasileiro*.

O HOMEM DO BONÉ CINZENTO

Eu, Nabucodonosor, estava sossegado em minha casa, e florescente no meu palácio.
(Daniel, *IV, 1*)

O culpado foi o homem do boné cinzento.

Antes da sua vinda, a nossa rua era o trecho mais sossegado da cidade. Tinha um largo passeio, onde brincavam crianças. Travessas crianças. Enchiam de doce alarido as enevoadas noites de inverno, cantando de mãos dadas ou correndo de uma árvore a outra.

A nossa intranqüilidade começou na madrugada em que fomos despertados por desusado movimento de caminhões, a despejarem pesados caixotes no prédio do antigo hotel. Disseram-nos, posteriormente, tratar-se da mobília de um rico celibatário, que passaria a residir ali. Achei leviana a informação. Além de ser demasiado grande para uma só pessoa, a casa estava caindo aos pedaços. A quantidade de volumes, empilhados na espaçosa varanda do edifício, permitia suposições menos inverossímeis. Possivelmente a casa havia sido alugada para depósito de algum estabelecimento comercial.

Meu irmão Artur, sempre ao sabor de exagerada sensibilidade, contestava enérgico as minhas conclusões. Nervoso, afirmava que as casas começavam a tremer e apontava-me o céu, onde se revezavam o branco e o cinzento. (Pontos brancos, pontos cinzentos, quadradinhos perfeitos das duas cores, a substituírem-se rápidos, lépidos, saltitantes.)

Daquela vez, a mania de contradição me arrastara a um erro grosseiro, pois antes de decorrida uma semana chegava o novo vizinho. Cobria-lhe a cabeça um boné xadrez (cinzento e branco) e entre os dentes escuros trazia um cachimbo curvo. Os olhos fundos, a roupa sobrando no corpo esquelético e pequeno, puxava pela mão um ridículo cão perdigueiro. Ao invés da atitude zombeteira que assumi ante aquela figura grotesca, Artur ficou completamente transtornado:

— Esse homem trouxe os quadradinhos, mas não tardará a desaparecer.

Não foram poucos os que se impressionaram com o procedimento do solteirão. Os seus hábitos estranhos deixavam perplexos os moradores da rua. Nunca era visto saindo de casa e, diariamente, às cinco horas da tarde, com absoluta pontualidade, aparecia no alpendre, acompanhado pelo cachorro. Sem se separar do boné que, possivelmente, escondia uma calvície adiantada, tirava baforadas do cachimbo e se recolhia novamente. O tempo restante conservava-se invisível.

Artur passava o dia espreitando-o, animado por uma tola esperança de vê-lo surgir antes da hora predeterminada. Não esmorecia, vendo burlados os seus propósitos. A sua excitação crescia à medida que se aproximava o momento de defrontar-se com o solitário inquilino do prédio vizinho. Quando os seus olhos o divisavam, abandonava-se a uma alegria despropositada:

— Olha, Roderico, ele está mais magro do que ontem!

Eu me agastava e lhe dizia que não me aborrecesse, nem se ocupasse tanto com a vida dos outros.

Fazia-se de desentendido e, no dia seguinte, encontrava-o novamente no seu posto, a repetir-me que o homenzinho continuava definhando.

— Impossível — eu retrucava —, o diabo do magrela não tem mais como emagrecer!

— Pois está emagrecendo.

Ainda encontrava-me na cama, quando Artur entrou no meu quarto sacudindo os braços, gritando:

— Chama-se Anatólio!

Respondi irritado, refreando a custo um palavrão: chamasse Nabucodonosor!

Repentinamente emudeceu. Da janela, surpreso e quieto, fez um gesto para que eu me aproximasse. Em frente ao antigo hotel acabara de parar um automóvel e dele desceu uma bonita moça. Ela mesma retirou a bagagem do carro. Com uma chave, que trazia na bolsa, abriu a porta da casa, sem que ninguém aparecesse para recebê-la.

Impelido pela curiosidade, meu irmão não me dava folga:

— Por que ela não apareceu antes? Ele não é solteiro?

— Ora, que importância tem uma jovem residir com um celibatário?

Por mais que me desdobrasse, procurando afastá-lo da obsessão, Artur arranjava outros motivos para inquietar-se. Agora era a moça que se ocultava, não dava sinal da sua permanência na casa. Ele, porém, se recusava a aceitar a hipótese de que ela tivesse ido embora e se negava a discutir o problema comigo:

— Curioso, o homem se definha e é a mulher que desaparece!

Três meses mais tarde, de novo abriu-se a porta do casarão para dar passagem à moça. Sozinha, como viera, carregou as malas consigo.

— Por que segue a pé? Será que o miserável lhe negou dinheiro para o táxi?

Com a partida da jovem, Artur retornou ao primitivo interesse pelo magro Anatólio. E, rangendo os dentes, repetia:

— Continua emagrecendo.

Por outro lado, a confiança que antes eu depositava nos meus nervos decrescia, cedendo lugar a uma permanente ansiedade. Não tanto pelo magricela, que pouco me importava, mas por causa do mano, cujas preocupações cavavam-lhe a face, afundavam-lhe os olhos. Para lhe provar que nada havia de anormal no solteirão, passei a vigiar o nosso enigmático vizinho.

Surgia à hora marcada. O olhar vago, o boné enterrado na cabeça, às vezes mostrava um sorriso escarninho.

Eu não tirava os olhos do homem. Sua magreza me fascinava. Contudo, foi Artur que me chamou a atenção para um detalhe:

— Ele está ficando transparente.

Assustei-me. Através do corpo do homenzinho viam-se objetos que estavam no interior da casa: jarras de flores, livros, misturados com intestinos e rins. O coração parecia estar dependurado na maçaneta da porta, cerrada somente de um dos lados.

Também Artur emagrecia e nem por isso fiquei apreensivo. Anatólio tornara-se a minha única preocupação. As suas carnes se desfaziam rapidamente, enquanto meu irmão bufava, pleno de gozo:

— Olha! De tão magro, só tem perfil. Amanhã desaparecerá.

Às cinco horas da tarde do dia seguinte, o solteirão apareceu na varanda, arrastando-se com dificuldade. Nada mais tendo para emagrecer, seu crânio havia diminuído e o boné, folgado na cabeça, escorregara até os olhos. O vento fazia com que o corpo dobrasse sobre si mesmo. Teve um espasmo e lançou um jato de fogo, que varreu a rua. Artur, excitado, não perdia o lance, enquanto eu recuava atemorizado.

Por instantes, Anatólio se encolheu para, depois, tornar a vomitar. Menos que da primeira vez. Em seguida, cuspiu. No fim, já ansiado, deixou escorrer uma baba incandescente pelo tórax abaixo e incendiou-se. Restou a cabeça, coberta pelo boné. O cachimbo se apagava no chão.

— Não falei! — gritava Artur, exultante.

A sua voz foi ficando fina, longínqua. Olhando para o lugar onde ele se encontrava, vi que seu corpo diminuíra espantosamente. Ficara reduzido a alguns centímetros e, numa vozinha quase imperceptível, murmurava:

— Não falei, não falei.

Peguei-o com as pontas dos dedos antes que desaparecesse completamente. Retive-o por instantes. Logo se transformou numa bolinha negra, a rolar na minha mão.

MARIAZINHA

A tua prata se transformou em escória; o teu vinho se misturou com água.

(Isaías, *I, 22*)

1943

— Josefino Maria Albuquerque Pereira da Silva! — A voz veio declamada, lenta, lúgubre. As palavras fizeram curvas no ar e chegaram ao meu ouvido como gotas de óleo. Penetraram vagarosas, deixando o Silva de fora. O último nome não cabia nele. E o óleo pesava.

Desgovernou-se o meu cérebro: os nomes balançavam indolentes, se comprimindo, buscando um lugar para o Silva, que permanecia no vestíbulo.

Levantei a cabeça e lancei os olhos esgazeados para a frente, para os lados. A paisagem dançou, mudou de plano e, afinal, consegui distinguir a fisionomia monótona do padre Delfim, que, sentado na beirada da cama, tinha o olhar fixo na minha testa. Movi os lábios repetidas vezes, a implorar-lhe que se fosse, me deixasse em paz. Os movimentos se perderam no vácuo e não ouvi o meu apelo.

Vieram as frases latinas.

Também meu irmão estava no quarto. Pesaroso, escondia nas mãos o perfil de Mariazinha. (O cigarro me fizera mal, o álcool me extenuara, mas não ouvira o estampido. Empunhara resoluto o revólver, visei um ponto negro que saía dos meus olhos e que, no ar, acompanhava a cadência das pupilas. Tangeram os sinos.)

Devia ser a bala que não permitia entrar o Silva.

O badalo do sino maior tangia os outros: uns de bronze, alguns de lata e zinco. A música se fez ríspida, mortificante — chorou os mortos e os quase mortos.

1923

Maio — mês infeliz. Conheci Mariazinha e ouvi a sua história — deu pinotes, esticou-se todo. Dentro dele couberam os anos passados, voltaram-me os cabelos e Mariazinha recuperou a sua virgindade.

Tudo recomeçou para os habitantes de Manacá. Houve alguns protestos, porque muitos não se conformaram em perder os filhos, recolhidos aos ventres maternos, ou com as ruas que ficaram sem calçamento. Mas o excesso de poeira nas vias públicas não conseguiu perturbar a alegria de outros que, por repentina mudança do seu estado civil, voltaram a ser solteiros. (Juraram que nunca mais se casariam.)

Padre Delfim foi nomeado bispo. Agora os sinos tinham que ficar alegres, esquecer os defuntos. Porém a tristeza sufocava, mudava os sons. Demitiram o sineiro.

Dom Delfim era calmo e tinha a fisionomia insípida. Mandou buscar as lâminas de aço, os instrumentos de metal e proibiu a melancolia, as queixas contra as ruas empoeiradas.

Mariazinha se casaria, o seu sedutor seria enforcado na torre da igreja.

Os sinos concordaram, bimbalharam alegremente e dom Delfim ficou escarlate, perdeu a monotonia. Ordenou que se expulsassem as lâminas de aço, os instrumentos de metal.

Zaragota protestou:

— Enforcado é que não! — Estava certo se o matassem antes, quando seduzira Mariazinha. Agora não. Vinte anos tinham sido recuados. Não era mais noivo de mulher alguma, nem pertencia à diocese do eminente bispo.

Dom Delfim coçou o queixo, satisfeito com o adjetivo e com o perfume que vinha do lencinho branco de rendas.

Somente se preocupava com a festa comemorativa da sua elevação a bispo, temendo que algum acontecimento imprevisível roubasse a pompa das homenagens que deveria receber.

Entretanto, precisava dar ao povo um pouco mais de alegria. Foi inflexível. Ser eminente era um direito que ninguém lhe podia negar. Levantou a cabeça, altivo, enérgico, e ordenou:

— Josefino Maria Albuquerque Pereira da Silva, enforque o homem!

Depois, dando ao olhar uma expressão terna, pediu-me com humildade (eclesiástica): toque os sinos e case com Mariazinha.

Como não houvesse quem discordasse, enforcou-se o canalha do Zaragota e deu-se início aos preparativos do meu casamento.

Pensou-se primeiro no vestido de noiva. Que não podia ser comprido, de cauda, fomos todos acordes, sem que alguém ousasse mencionar a razão: dom Delfim jamais ameaçava duas vezes. (Omitiu-se, portanto, qualquer referência à poeira das ruas.)

Mariazinha, irrequieta, extasiada com os seus novos quinze anos, não punha objeção a nada. Agarrava-me pela mão e me obrigava a acompanhá-la em longos passeios. Deixávamos a vila para trás e corríamos pelas estradas, varávamos as matas, galgávamos montes. Ia, pelo caminho, enchendo-me de flores e beijos. Enquanto isso, Manacá se enfeitava toda. Colocavam arcos-de-triunfo e bandeirinhas de papel de seda nas ruas, repicavam os sinos. Dom Delfim, a calva protegida por enorme chapéu de couro, passava apressado em sua caleça, fiscalizando tudo.

No dia marcado para as núpcias, a cidade amanheceu alvoroçada. (Zaragota balançava no topo da torre da igreja.)

O povo se concentrara, logo às primeiras horas do dia, no largo da matriz. José Alfinete comandava a populaça. Há mais de uma hora derramava inflamada oratória sobre os seus conterrâneos. Já analisara a situação caótica do país, a crise da lavoura, sem se esquecer de falar mal do farmacêutico, seu adversário político.

A não ser o orador, que convocara os manaquenses para ouvir terrível notícia, ninguém sabia o motivo da reunião. Duas horas após o início do discurso, Alfinete revelou que Mariazinha fora seduzida novamente e o sedutor fugira.

Os populares, indignados com o que acabavam de ouvir, saíram no meu encalço, dispostos a me enforcar em praça pública.

Quando os meus perseguidores me encontraram, era relativamente tarde para que se pensasse em me executar. Eu já atirara no ponto negro que no ar acompanhava o movimento das minhas pupilas e jazia de bruços no solo.

Na véspera, ao contrário do que ardilosamente tinham anunciado, eu fora seduzido por Mariazinha.

Ao regressar à vila, não tinha mais dúvidas de que minha noiva era uma depravada. Zaragota nenhuma culpa tivera.

À noite não consegui adormecer. Insatisfeito com o que acontecera, tomei a decisão de não me casar. Saí de casa e fui bebendo pelos botequins que encontrava no caminho. Desejava me sufocar no álcool.

Mais tarde retomei a caminhada que fizera ao entardecer daquele dia.

Detive-me no mesmo lugar em que me deitara com Mariazinha. As estrelas se afundaram nos meus olhos e o ponto negro se destacou nítido ao luar. Puxei o gatilho da arma suavemente.

De novo se puseram tristes os sinos de Manacá. Dom Delfim se viu privado das honras episcopais.

1943

— Josefino Maria Albuquerque Pereira da Silva!

A voz era declamada, lenta, lúgubre. Padre Delfim chamava-me em vão.

As ruas da cidade ostentavam o seu primitivo calçamento e os filhos dos seus moradores começaram a se desprender — sem que fosse necessária a intervenção das parteiras — dos ventres das mulheres. Manacá tornara a ser elevada a sede de comarca e os homens que juraram nunca mais se casar, juraram inutilmente.

Ao meu enterro, Zaragota, amigo fiel, compareceria ainda convalescente do enforcamento que sofrerá.

Não compareceu. Padre Delfim julgou-o culpado de sua demissão e ordenou, para consolo próprio, que o enforcassem no mesmo local da outra vez.

Tangeram os sinos, tristes e rachados. O sineiro fora readmitido.

O luar inundou, por várias noites, as ruas sem poeira da cidade e maio caminhou lentamente para o seu termo.

ELISA

Eu amo os que me amam; e os
que vigiam desde a manhã, por
me buscarem, achar-me-ão.
(Provérbios, *VIII, 17*)

Uma tarde — estávamos nos primeiros dias de abril — ela chegou à nossa casa. Empurrou com naturalidade o portão que vedava o acesso ao pequeno jardim, como se obedecesse a hábito antigo. Do alpendre, onde me encontrava, escapou-me uma observação desnecessária:

— E se tivéssemos um cachorro?

— Não me atemorizam os cães — retrucou aborrecida.

Com alguma dificuldade (devia ser pesada a mala que carregava), subiu a escada. Antes de entrar pela porta principal, voltou-se:

— Nem os homens tampouco.

Surpreso por vê-la adivinhar meu pensamento, apressei-me em desfazer a situação cada vez mais embaraçosa:

— Hoje o tempo está ruim. Se continuar assim...

Interrompi a série de bobagens que me ocorria e, encabulado, procurei evitar o seu olhar repreensivo.

Sorriu levemente, enquanto eu, nervoso, torcia as mãos.

Logo a desconhecida se adaptou aos nossos hábitos. Raramente saía e nunca aparecia à janela.

Talvez não tivesse reparado no primeiro momento em sua beleza. Bela, mesmo no desencanto, no seu meio sorriso. Alta, a pele clara, de um branco pálido, quase transparente, e uma magreza que acusava profundo abatimento. Os olhos eram castanhos, mas não desejo falar deles. Jamais me abandonaram.

Cedo começou a engordar, a ganhar cores e, no rosto, já estampava uma alegria tranqüila.

Não nos disse o nome, de onde viera e que acontecimentos lhe abalaram a vida. Respeitávamos, entretanto, o seu segredo. Para nós era ela, simplesmente ela. Alguém que necessitava de nossos cuidados, do nosso carinho.

Aceitei os seus longos silêncios, as suas repentinas perguntas. Uma noite, sem que eu esperasse, interrogou-me:

— Já amou alguma vez?

Por ser negativa a resposta, deixou transparecer a decepção. Pouco depois, abandonava a sala, sem nada acrescentar ao que dissera. Na manhã seguinte, encontramos vazio o seu quarto.

Todos os dias, mal começava a cair a tarde, eu ia para o alpendre, à espera de que ela surgisse a qualquer momento na esquina. Minha irmã Cordélia desaprovava-me:

— É inútil, ela não voltará. Se você estivesse menos apaixonado, não teria tanta esperança.

Um ano após a sua fuga — estávamos novamente em abril — a vi aparecer no portão. Trazia mais triste a fisionomia, maiores as olheiras. Dos meus olhos, que se puseram alegres ao vê-la, desprendeu-se uma lágrima, e disse, esforçando-me para lhe tornar cordial a recepção:

— Cuidado, agora temos uma cadelinha.

— Mas o dono dela ainda é manso, não? Ou se tornou feroz na minha ausência?

Estendi-lhe as mãos, que ela segurou por algum tempo. E, sem conter a minha ansiedade, indaguei:

— Por onde andou? O que fez esse tempo todo?

— Andei por aí e nada fiz. Talvez amasse um pouco — concluiu, sacudindo a cabeça com tristeza.

A sua vida entre nós retomou o ritmo da outra vez. Mas eu estava intranqüilo. Cordélia olhava-me penalizada, insinuava que eu não deveria ocultar mais a minha paixão.

Faltava-me, contudo, a coragem e adiava a minha primeira declaração de amor.

Meses depois, Elisa — sim, ela nos disse o nome — partiu de novo.

E como lhe ficasse sabendo o nome, sugeri à minha irmã que mudássemos de residência. Cordélia, apegada ao extremo à nossa casa, nada objetou. Limitou-se a perguntar:

— E Elisa? Como poderá encontrar-nos ao regressar?

Refreei a custo a angústia e repeti completamente idiotizado:

— Sim, como poderá?

A NOIVA DA CASA AZUL

A figueira começou a dar os seus primeiros figos; as vinhas, em flor, exalam o seu perfume. Levanta-te, amiga minha, formosa minha, e vem.
(Cântico dos Cânticos, *II, 13*)

Não foi a dúvida e sim a raiva que me levou a embarcar no mesmo dia com destino a Juparassu, para onde deveria ter seguido minha namorada, segundo a carta que recebi.

Sim, a raiva. Uma raiva incontrolável, que se extravasava ao menor movimento dos outros viajantes, tornando-me grosseiro, a ponto dos meus vizinhos de banco sentirem-se incomodados, sem saber se estavam diante de um neurastênico ou débil mental.

A culpa era de Dalila. Que necessidade tinha de me escrever que na véspera de partir do Rio dançara algumas vezes com o ex-noivo? Se ele aparecera por acaso na festa, e se fora por simples questão de cortesia que ela não o repelira, por que mencionar o fato?

Não me considero ciumento, mas aquela carta bulia com os meus nervos. Fazia com que, a todo instante, eu cerrasse os dentes ou soltasse uma praga.

Acalmei-me um pouco ao verificar, pela repentina mudança da paisagem, que dentro de meia hora terminaria a viagem e Juparassu surgiria no cimo da serra, mostrando a estaçãozinha amarela. As casas de campo só muito depois, quando já tivesse desembarcado e percorrido uns dois quilômetros a cavalo. A primeira seria a minha, com as paredes caiadas de branco, as janelas ovais.

Deixei que a ternura me envolvesse e a imaginação fosse encontrar, bem antes dos olhos, aqueles sítios que representavam a melhor parte da minha adolescência.

Sem que eu percebesse, desaparecera todo o rancor que nutrira por Dalila no decorrer da viagem. Nem mesmo a impaciência de chegar me perturbava. Esquecido das prevenções anteriores, aguardava o momento em que eu apertaria nos braços a namorada. Cerrei as pálpebras para fruir intensamente a vontade de beijá-la, abraçá-la. Nada falaria da suspeita, da minha raiva. Apenas diria:

— Vim de surpresa para ficarmos noivos.

O chefe do trem arrancou-me bruscamente do meu devaneio:

— O senhor pretende mesmo desembarcar em Juparassu?

— Claro. Onde queria que eu desembarcasse?

— É muito estranho que alguém procure esse lugar.

Não sabendo a que atribuir a impertinência e a estranheza do funcionário da estrada, resmunguei um palavrão, que o deixou confuso, a pedir desculpas pela sua involuntária curiosidade.

Juparassu! Juparassu surgia agora ante os meus olhos, no alto da serra. Mais quinze minutos e estaria na plataforma da estação, aguardando condução para casa, onde mal jogaria a bagagem e iria ao encontro de Dalila.

Sim, ao encontro de Dalila. De Dalila que, em menina, tinha o rosto sardento e era uma garota implicante, rusguenta. Não a tolerava e os nossos pais se odiavam. Questões de divisas dos terrenos e pequenos casos de animais que rompiam tapumes, para que maior fosse o ódio dos dois vizinhos.

Mas, no verão passado, por ocasião da morte de meu pai, os moradores da Casa Azul, assim como os ingleses das duas casas de campo restantes, foram levar-me suas condolências, e tive dupla surpresa: Dalila perdera as sardas, e seus pais, ao contrário do que pensava, eram ótimas pessoas.

Trocamos visitas e, uma noite, beijei Dalila.

Nunca Juparassu apareceu tão linda e nunca as suas serras foram tão azuis.

Logo que desci na estaçãozinha, solícito, o agente tomou-me as malas:

— O senhor é o engenheiro encarregado de estudar a reforma da linha, não? Por que não avisou com antecedência? Arrumaríamos o nosso melhor quarto.

— Ora, meu amigo, não sou engenheiro, nem pretendo ver obra alguma.

— Então, o que veio fazer aqui?

Refreei uma resposta malcriada, que a insolente pergunta merecia, notando ser sincero o assombro do empregado da estrada.

— Tenciono passar as férias em minha casa de campo.

— Não sei como poderá.

— É coisa tão fantástica passar o verão em Juparassu? Ou, quem sabe, andam por aqui temíveis pistoleiros?

— Pistoleiros não há, mas acontece que as casas de campo estão em ruínas.

Tive um momento de hesitação. Estaria falando com um cretino ou fora escolhido para vítima de desagradável brincadeira? O homem, entretanto, falava sério, parecia uma pessoa normal. Achei melhor não insistir no assunto:

— Quem me alugaria um cavalo, para dar umas voltas pelas vizinhanças?

A resposta me desconcertou: não existiam cavalos no lugar.

— E para que cavalos, se nada há de interesse para ver nos arredores?

Procurei tranqüilizar o meu interlocutor, pois pressentia estar sob suspeita de loucura. Menti-lhe, dizendo que há muitos anos não vinha àquelas paragens. O meu objetivo era apenas o de rever lugares por onde passara em data bem remota.

O agente sentiu-se aliviado:

— O senhor me assustou. Pensei que conversava com um paranóico. — E, amável, se prontificou a me acompanhar no passeio. Recusei o oferecimento. Necessitava da solidão a fim de refazer-me do impacto sofrido por acontecimentos tão desnorteantes.

Não caminhara mais de vinte minutos, quando estaquei aturdido: da minha casa restavam somente as paredes arruinadas, a metade do telhado caído, o mato invadindo tudo.

Apesar das coisas me aparecerem com extrema nitidez, espelhando uma realidade impossível de ser negada, resistia à sua aceitação. Rodeei a propriedade e encontrei, nos fundos, um colono cuidando de uma pequena roça. Aproximei-me dele e indaguei se residia ali há muito tempo.

— Desde menino — respondeu, levantando a cabeça.

— Certamente conheceu esta casa antes dela se desintegrar. O que houve? Foi um tremor de terra? — insisti, à espera de uma palavra salvadora que desfizesse o pesadelo.

— Nada disso aconteceu. Sei da história toda, contada por meu pai.

A seguir, relatou que a decadência da região se iniciara com uma epidemia de febre amarela, a se repetir por alguns anos, razão pela qual ninguém mais se interessou pelo lugar. Os moradores das casas de campo sobreviventes nunca mais voltaram, nem conseguiram vender as propriedades. Acrescentou ainda que o rapaz daquela casa fora levado para Minas com a saúde precária e ignorava se resistira à doença.

— E Dalila? — perguntei ansioso.

Disse que não conhecera nenhuma pessoa com esse nome e foi preciso explicar-lhe que se tratava da moça da Casa Azul.

— Ah! A noiva do moço desta casa?

— Não era minha noiva. Apenas namorada.

— Não? Será que... — deixou a frase incompleta. — É o senhor, o jovem que morava aqui?

Para evitar novas perguntas, preferi negar, insistindo na pergunta anterior:

— E Dalila?

— Morreu.

Fiquei siderado ao ver ruir a tênue esperança que ainda alimentava. Sem me despedir, retomei a caminhada. Os passos trôpegos, divisando confusamente a vegetação na orla da estreita picada, subi até uma pequena colina. Do alto da elevação, avistei as ruínas da Casa Azul. Avistei-as sem assombro, sem emoção. Cessara toda a minha capacidade emocional. Os meus passos se tornaram firmes novamente, e de lá de dentro dos escombros eu iria retirar a minha amada.

* * *

Descolorida e quieta a Casa Azul está na minha frente. Caminho por entre os seus destroços. A escadinha de tijolos semidestruída. Aqui nos beijamos. Beijamo-nos no alpendre, cheio de trepadeiras, cadeiras de balanço, onde, por longas horas, ficávamos assentados. Depois do alpendre esburacado, o corredor. Dalila me veio fortemente. Subo a custo os degraus apodrecidos da escada de madeira. Chego ao quarto dela: teias de aranha. Vazio, vazio, meu Deus! Grito: Dalila, Dalila! Nada. Corro aos outros quartos. Todos vazios. Só teias de aranha, as janelas saindo das paredes, o assoalho apodrecendo.

Desço. Grito mais: Dalila, Dalila! Grito desesperado: Dalila, minha querida! O silêncio, um silêncio brutal responde ao meu apelo. Volto ao quarto dela: parece que Dalila está lá e não a vejo. O seu corpo miúdo, os olhos meigos, os cabelos dourados. Abraça-me e não sinto os seus braços.

A noite já estava aparecendo por entre o teto fendido. Grito ainda: Dalila, Dalila, meu amor! Corta-me a agonia. Corro desvairado.

O BOM AMIGO BATISTA

Bem-aventurados os mansos:
porque eles possuirão a terra.
(Mateus, *V*, *4*)

I

Desde a infância procuraram meter-me na cabeça que devia evitar a companhia de João Batista, o melhor amigo que já tive. A começar pelo meu irmão:

— Não vê, José, que Batista está abusando de você? Todos os dias come da sua merenda, copia seus exercícios escolares e ainda banca o valente com os outros meninos, fiado nos seus braços. Todavia, quando os moleques lhe deram aquela surra, nem se abalou para ajudá-lo.

Era uma injustiça. Batista não viera em meu auxílio, como explicou em seguida, porque fora acometido de câibra justamente no momento em que fui agredido.

II

Após o grupo, veio o ginásio e lá em casa meus pais, unidos a meu irmão, na faina de me separar do amigo, pouco variavam de estribilho:

— Você precisa deixar de ser burro, de ser idiota. Batista

está aproveitando do seu trabalho como uma sanguessuga. Você estuda e ele, copiando suas provas, recebe as melhores notas da classe. E os discursos? Você os escreve, para que seu amigo, lendo-os apenas, fique com a glória de bom orador e de líder da turma.

Tio Eduardo, o mais novo dos irmãos de mamãe, que à falta de um ofício morava conosco havia anos, deixava sua observação para o final:

— Além de tudo, é filho daquele mandrião do Honório, o caça-dotes!

Não adiantava argumentar com meus pais. Muito menos com titio, que fora noivo da mãe de Batista, mulher bonita e rica.

Discutir seria pior. Ficavam irritados e me agrediam com uma torrente de adjetivos dificilmente toleráveis por pessoas de maior sensibilidade.

Ante essa perspectiva desfavorável, contentava-me em saber que não tinham razão e em tornar cada vez mais sólida a minha amizade pelo colega.

De fato, ajudava-o nos exames e discursos. Também não era menos verdade ser ele mais brilhante do que eu. Dava-lhe uns poucos dados, que dependiam da minha boa memória, e Batista, desenvolvendo-os com inteligência, fazia magníficas provas.

Quanto aos discursos, poderia escrevê-los sem a minha colaboração e bem superiores aos meus. Só não os redigia em virtude da preguiça que o assaltava nas vésperas de pronunciá-los, ou mesmo por saber que esse trabalho me dava prazer.

Que me custava prestar-lhe ajuda se, além de gago e tímido, eu não pretendia seguir carreira que dependesse da oratória?

III

Não conseguindo convencer-me, meus parentes mudaram de tática. Em vez da reiteração das censuras, que resultavam inócuas, passaram a meter-me em ridículo. Serviu de pretexto para a nova ofensiva uma namorada que me foi tomada por Batista. Eu gostava da moça — uma ruiva de dentes alvos e miúdos —, razão por que quase rompi com o amigo. Desculpei-o posteriormente ao saber que assim procedera pelo temor de que a ruiva me levasse a praticar alguma tolice. Eu estava apaixonado e ela era bastante leviana. Tanto era — dizia-me o companheiro — que me abandonara por ele! O argumento me satisfez e não mais me incomodaram as pequenas ironias que a todo instante me atiravam.

IV

Quando mais tarde, juntos, entramos para o Ministério da Fazenda, disseram os da minha família que eu ditara para meu colega as provas do concurso e isso, de certo modo, explicava o primeiro lugar conquistado por Batista.

Sórdida mentira! Apenas o auxiliara na prova de matemática, matéria da qual ele não tinha grandes conhecimentos. Mas quem deixaria de ajudar seu semelhante numa contingência dessas?

V

Os que não viam com bons olhos a nossa amizade nos deram tréguas por algum tempo.

Não demoraram, porém, em romper as hostilidades contra nós. Serviram de motivo as promoções, que vieram um ano após o concurso. Para cúmulo do azar, o despeito dos nossos colegas de trabalho fez com que considerassem uma injustiça a promoção do meu companheiro. (Eu é que merecia ser promovido. O acesso de Batista à classe superior — segundo eles — se devia à permanente adulação com que cercava nossos chefes.)

Argumentavam de diferentes maneiras, mas no fundo apenas tentavam disfarçar uma grosseira inveja de alguém que subia pelos próprios méritos.

À minha casa chegaram esses murmúrios e ninguém fez o menor comentário. Fizeram pior: forçavam um silêncio constrangedor todas as vezes que o nome do meu amigo vinha à baila. Punham-se a olhar-me, atentamente, sem pronunciar uma palavra sequer.

Dissimulei o desagrado que o procedimento dos meus parentes me provocava e deixei de falar do companheiro na presença deles.

Enquanto isso, os anos passando, outras promoções vieram. Em algumas fui preterido, em outras não, ao passo que João Batista foi galgando postos, até chegar a chefe da minha seção.

VI

Por essa época, já me assaltara insistente melancolia. Sentia-me deslocado em casa, uma necessidade de andar pela noite adentro, sem parar, cansando-me, evitando os pensamentos. Só me acalmava a companhia de Batista, meu guia e conselheiro.

Certo dia, ao largar o serviço, deixei-me ficar no banco de uma pracinha, a remoer idéias infelizes, um desejo de diluir-me nas nuvens claras que se mesclavam com o azul do céu. A meu lado, uma jovem — silenciosa e triste — parecia compartilhar do mesmo desamparo que me afligia.

A identidade de angústia nos aproximou. Conversamos e um mês depois fomos a uma igreja gótica, onde um padre holandês e rubicundo disse muita coisa que não entendemos, mas como nos declarasse casados e fosse meu padrinho o bom amigo Batista, senti-me feliz apesar de não se encontrar no templo nenhum dos meus parentes. Ou por essa mesma razão.

VII

Mal decorrera um ano de casados, a tranqüilidade do nosso lar, até então completa, veio a ser abalada por um incidente de mínima importância. Para uma promoção a que tinha direito, meu companheiro indicou outro funcionário. Sendo o beneficiado sobrinho do ministro, aconselhei Batista a não sugerir meu nome para a vaga, pois a minha indicação poderia, no futuro, prejudicar-lhe a carreira funcional.

Assim não entendeu minha esposa. Pensando que eu fora deliberadamente preterido, cortou relações com meu amigo, não mais lhe permitindo entrar em nossa casa. Desse dia em diante, tornou-se irritadiça, declarando a todo momento que se sacrificara por um imbecil.

Amargurado, eu não fazia nenhum reparo às acusações, evitando o confronto, como sempre foi do meu feitio. Deixava-me ficar pelos bancos das praças, invejando a insensibilidade das nuvens.

VIII

Não me sendo possível deixar de aparecer em casa e, nela, escapar aos insultos de Branca, resolvi fingir-me doido.

Após duas semanas, a trepar nas mesas, os olhos arregalados, a gritar ou quebrando louças, eu já estava saturado do meu próprio espetáculo. Para aumentar-me o desalento, minha mulher não cuidava de chamar o médico que constatasse minha insanidade. Contentava-se em olhar-me e dizer:

— Não é que esse cretino está maluco mesmo! Que se dane. A gente casa com uma toupeira e ainda tem que lhe aturar as maluquices.

Falava e se recolhia ao silêncio, espiando-me com seus olhos maus.

Entretanto, aquele que sempre cuidou de mim e, em várias circunstâncias, me livrou de situações difíceis, veio em meu socorro. Tão logo soube do que se passava, buscou-me em casa para internar-me em um hospício. Minha esposa, que me desejava ter à mão, a fim de descarregar sua raiva, não concordou com a providência. Aos gritos, esgotou o repertório de palavrões, sem que tomassem em consideração o seu protesto. E fui internado na poética casa de saúde da rua Lopes Piedade.

Enquanto corriam os meses, calado, eu ficava a observar os meus companheiros. Bons e espirituosos amigos: trocaram o meu nome pelo de Alvarenga — Alvarenga Peixoto. Talvez pelo meu ar tristonho ou por ter sempre os olhos postos nas magnólias do parque.

IX

Uma manhã — eu estava de bom humor e um tanto loquaz — conversava com Napoleão sobre o desastre de suas tropas em Waterloo, divergindo dele, que afirmava ter sido derrotado somente por falta de queijos suíços na intendência do seu exército, quando um guarda me chamou a mandado do diretor do hospício.

Na sala da diretoria encontrei meu irmão e um homem de olhinhos espertos, que me apresentaram como sendo o delegado João Francisco. Usava um pequeno bigode empastado de vaselina e foi logo me dizendo:

— Estou aqui para esclarecer fatos relativos a uma denúncia apresentada por pessoas de sua família. Alegam que o senhor jamais sofreu das faculdades mentais e se encontra neste hospício em virtude de uma trama urdida pela sua esposa com a conivência de João Batista Azeredo. De tudo isso já apurei que os dois estão vivendo juntos.

Percebendo aonde ele iria chegar, não me contive e comecei a berrar:

— É uma calúnia! Estou louco! Doido varrido!

Distribuí murros, quebrei armários, os óculos do diretor. Antes que alcançasse o bigodinho vaselinado do policial, fui subjugado pelos guardas.

X

Agora, livre da camisa-de-força e dos enfermeiros, tenho meditado sobre os acontecimentos de dias atrás e sou levado a acreditar que meu companheiro esteja amasiado com Branca. Não posso desprezar essa possibilidade, mesmo sabendo do ódio que nutriam um pelo outro. Naturalmente Batista descobriu que minha mulher planejava retirar-me daqui e, para evitar que tal acontecesse, foi ao extremo da renúncia, atraindo-a para si. Pobre amigo.

EPIDÓLIA

E vi um céu novo e uma terra nova; porque o primeiro céu e a primeira terra se foram, e o mar já não é.

(Apocalipse, XXI, 1)

Como poderia ter escapado, se há poucos instantes a estreitava de encontro ao ombro?

Manfredo se distraíra por alguns segundos, observando um menino parado em frente às jaulas das onças, quando percebeu que o braço, estendido sobre o encosto do banco, perdera o contato com o corpo de Epidólia. Ainda conservava o calor dele na mão encurvada, a prender o vazio.

Reagia lentamente, incapaz de explicar o que acontecera. Olhava para os lados, atônito, até render-se à evidência do desaparecimento da moça.

A uns dez metros, balançando um bastão curto, Arquimedes, o velho guarda, que o acompanhara do grupo escolar à universidade, deveria saber o rumo que ela tomara.

Antes nada perguntasse:

— Manfredinho, você conhece meu sistema. Sempre deixo os casais à vontade, procurando ignorar o que eles fazem. Por que vocês brigaram?

— Manfredinho é a vó. Será que não crescerei nunca? E não houve briga. — Deixou a explicação pelo meio e gritou: — E-PI-DÓ-LIA! — No grito ia todo um desespero a substituir a perplexidade dos primeiros momentos.

Atirou-se parque adentro, atravessando-o com uma rapidez que em outra circunstância lhe causaria estranheza. Mesmo assim, calculou ter caminhado mais do que devia.

Passou pelo portão dos fundos, detendo-se no passeio deserto. Nem de longe via caminhar ou correr mulher alguma. O desapontamento quase o levou a retroceder e verificar se Epidólia utilizara a entrada principal do parque para escapar. Percebeu o absurdo da hipótese: se ela houvesse tomado aquela direção, passaria por Arquimedes, e isso não acontecera.

Sentia-se sem condições de raciocinar objetivamente. Desanimado, decidiu regressar à casa. Logo tornou atrás, na decisão, lembrando-se que Epidólia lhe dissera estar hospedada no Hotel Independência, numa cidade vizinha, a cinqüenta minutos do lugar onde se encontrava.

Como estivesse de pijama, ficou indeciso se o trocava por um terno. Temeroso de perdê-la caso se atrasasse, resolveu tomar imediatamente um táxi. O automóvel que estacionou a um sinal seu diferia muito dos outros que até a véspera vira circular na Capital. Comprido, os metais brilhantes, oferecia extraordinário conforto. Deu o endereço ao motorista, pedindo-lhe a máxima velocidade.

Os olhos atentos ao velocímetro, a marcar cento e vinte quilômetros, Manfredo já se impacientava por não terem cruzado a zona rural, quando uma freada brusca jogou-o de encontro ao pára-brisa. Apalpou a testa, imaginando-se ferido, porém nada de grave ocorrera. Na sua frente estava o hotel. Foi recebido na portaria pelo próprio gerente. Este, cara amarrada, certo de estar atendendo a um hóspede, perguntou-lhe se desconhecia a proibição regulamentar do uso de pijama fora dos alojamentos.

— Para dizer a verdade, nunca me hospedei em hotéis, nada

sabendo de seus regulamentos. — Veemente, expressando-se de maneira confusa, falava dos motivos de sua presença ali. Só articulou com clareza o nome da pessoa procurada.

O homenzinho ouvia-o emburrado, sem encontrar saída para o problema que defrontava: como impedir a um estranho de apresentar-se em trajes vedados somente aos hóspedes?

— Epidólia?

Distante da rotina, seu raciocínio emperrava, sobretudo se estavam em jogo pessoas de condição social acima da sua.

Vagarosamente, superou a indecisão: o rapaz tinha boa aparência e as suas palavras, agressivas ou obscuras (ora, uma mulher desaparecer dos braços de alguém!), não seriam motivadas por um choque emocional. O anel de grau no dedo do desconhecido valeu como argumento definitivo para decidi-lo a prestar informações:

— Não a vejo desde a semana passada.

— E o fato não o preocupou?

— Por que haveria de me preocupar se conheço seus hábitos singulares? Costuma permanecer vários dias sem sair do hotel ou dele se ausenta por extensa temporada. Mesmo procedendo dessa maneira, é correta nos pagamentos e só nos queixamos do péssimo costume que mantém de levar consigo a chave do quarto.

— Ela não poderia ter entrado no momento em que o senhor estava fora da portaria?

— Impossível. Estive aqui toda a manhã e a quarteira já me prevenira que, por falta de uso, não tem trocado a roupa de cama de Epidólia.

(Onde dormiria?) Manfredo ocultou o ciúme, atribuindo tudo a uma cadeia de equívocos.

— Contudo, gostaria de ir lá.

Subiram pela escada e num dos apartamentos do terceiro andar tocaram a campainha. Não sendo atendidos, o hoteleiro abriu a porta, valendo-se da chave mestra. O quarto estava vazio, nenhum vestido nos cabides ou malas em cima dos armários.

— Veja! — O gerente chamava-lhe a atenção para uma calcinha manchada de vermelho. — Aquela rata! Só deixou esta porcaria!

Manfredo arrancou-a das mãos impuras, impedindo que elas maculassem aquela peça íntima, a lembrar-lhe intensamente o corpo da amada.

Era sangue, ainda úmido. Prova de que Epidólia estivera ali recentemente. Renascia nele a esperança de encontrá-la e para isso removeria quaisquer obstáculos, procurando-a em todos os recantos da cidade.

O mais simples, porém, seria informar-se primeiro dos lugares que ela costumava freqüentar, pois em duas semanas de encontros diários, no parque, nada indagara de sua vida, como se já soubesse tudo ou não houvesse interesse maior pelo acessório, à margem do instante que estavam vivendo.

Talvez o homem que o acompanhava, conhecendo-a há mais tempo, pudesse dar-lhe as indicações precisas.

Deu-as cautelosamente:

— Não se zangue comigo, tenho que ser franco. Somente uma pessoa está em condições de informá-lo com segurança. É o Pavão, um marinheiro velho, amante dela. Poderá encontrá-lo num dos botequins da orla marítima.

— Orla marítima? A cidade nunca teve mar! O senhor está maluco. E essa história de amante de marinheiro? É uma calúnia, seu crápula! — Aos brados, avançava de punhos cerrados na direção do hoteleiro. Este recuou, pedindo-lhe calma. Esclareceria toda a situação sem o recurso da violência. (O rapaz, além de amnésico, estava transtornado. Precisava ganhar tempo, para escapar de sua fúria.)

— Antes eram três localidades distintas: Natércia, Pirópolis e a Capital. Tendo se expandido, encheram os vazios, juntando-se umas às outras. Com Pirópolis veio o mar.

Manfredo se desinteressou do resto, dando-lhe as costas. Decidira retornar à sua residência para trocar de roupa. Depois procuraria o marujo.

No trajeto, confirmou parte do que ouvira. A ausência de vegetação, notada por ele na vinda, testemunhava a união das cidades.

Com o advento de Epidólia a casa se transformara. Desde a varanda e suas grades de ferro, os ladrilhos de desenhos ingênuos e seus crótons, desses que pensava não existirem mais.

Pelas salas circulavam pessoas do interior, hóspedes habituais do avô, antigo fazendeiro. Entre eles e o mofo, a velha tia passeava a cara enrugada, o vestido sujo, amarfanhado. Veio ao encontro do sobrinho, abraçando-o carinhosamente. Com agulha e linha invisíveis, tenta pregar no pijama dele um botão solidamente preso:

— Tão desmazelado, o meu menino!

Manfredo acha graça, sem rir, vendo em comparação o estado das roupas dela. Segue para o quarto, nele encontrando mais três camas — os roceiros! Busca um terno e não encontra nenhum dos seus, nem em cima da mesinha-de-cabeceira o aparelho de barbear, a escova de dentes.

— Tia, as minhas coisas?! — grita por tia Sadade, que veio correndo:

— Oh! Manfredinho, estão no ginásio, onde poderiam estar?

Sorri: largara o colégio interno havia tanto tempo! Lembrou-se do pai, a lhe recomendar que não desse muita atenção às bobagens da sua cunhada.

Vestiu um dos ternos, cujas medidas se aproximavam do seu corpo, calçou uma botina de elástico.

Teve sorte de encontrar Pavão no terceiro bar em que entrou. Usava longas barbas acinzentadas e delas pendiam moedinhas de ouro, a tilintar a cada movimento seu. O aspecto dele era deplorável: as mãos encardidas, os dedos amarelados pela nicotina, o uniforme da marinha mercante esgarçado. Sentia repugnância só de pensar que ele tocara o corpo de Epidólia.

Às perguntas que lhe eram feitas, respondia com monossílabos, mantendo no canto da boca um cachimbo de espuma.

— Moço, você já perguntou muito, mas não disse o seu nome.

— Manfredo.

— Um nome antigo, bem antigo.

— Não, são as roupas. Por sinal, nem me pertencem.

— Mau costume, meu rapaz, esse de usar roupas dos outros. A sua história também está muito enrolada.

— O senhor não pode compreender. Nós nos amávamos.

— Aquela vaca ninfomaníaca? E arranja um trouxa para gostar dela! Dá vontade de rir.

Manfredo descontrolou-se, agüentara demais a grosseria do velho:

— Seu devasso, avarento, decrépito! — E cuspiu na cara do marinheiro.

Em resposta recebeu um soco na testa com uma violência dificilmente esperada dos punhos de um homem idoso.

Derrubado ao chão, em meio a pedaços da cadeira espatifada na queda, ainda ouviu:

— Não devia ajudar cornos e imbecis, mas procure na casa da frente o pintor. Foi o último amante dela.

Seguiu-se às suas palavras uma estridente gargalhada, que acompanhou Manfredo até o outro lado da rua.

O pintor pediu-lhe desculpas. Só poderia responder o essencial. Padecia de uma caxumba, entranhada no corpo todo, perdoado o exagero. Falavam por si as paredes totalmente ocupadas por retratos de mulheres nuas. Antes que o visitante, desconcertado frente às telas, dissesse qualquer coisa, antecipou-se:

— Nos últimos anos só pintei Epidólia. — A voz estava em desarmonia com o seu físico jovem, parecendo vir de alguém envelhecido precocemente. Exprimia dolorosa fadiga, a necessidade de livrar-se de incômodas reminiscências:

— Não foi minha amante, apenas modelo — prosseguia com dificuldade crescente. Nada lhe pagava, sabia pouco do seu passado.

— A última vez em que a vira? — Sim, lembrava-se inclusive do vestido que usava no dia, ele que só lhe pintara o corpo. Fora na porta da Farmácia Arco-íris, de propriedade de um tio dela.

Fez uma pausa, para recuperar-se do cansaço. Limpou o suor com o lenço:

— Sinto que você também a amou muito. Não quer um dos retratos? Pode escolher o melhor ou levar todos. — Parecia mais cansado e o rosto começava a enrugar-se.

Manfredo recusou a oferta, dando uma vaga desculpa. Pensava no escândalo que a nudez do retrato causaria nos hóspedes do avô. Riu, sem que o pintor entendesse a graça.

A farmácia devia ser do século passado, com grandes vidros contendo líquidos coloridos. Ao lado, potes de porcelana, com os nomes dos medicamentos gravados a ouro. O farmacêutico, um velhinho de terno branco, chinelas de lã, teria quase a idade da botica. Ele mesmo aviava as receitas e atendia a clientela no balcão:

— Algum remédio?

— Procuro a sua sobrinha, sabe onde posso encontrá-la?

— Esteve aqui há poucos dias. Pediu umas pílulas anticoncepcionais e, em razão da minha estranheza, por sabê-la virgem, disse-me ter encontrado o homem que merecia seu corpo.

— Como? Se um marinheiro velho acaba de me afirmar o contrário!

— Certamente você conversou com o Pavão, pai de Epidólia, tipo ordinário, depravado. Abandonou-a logo após o nascimento, alegando ter sido traído pela esposa, morta durante o parto.

— Perdoe-me a insistência: quem mais poderia saber do paradeiro dela?

— Ninguém, ou muitos. Ela some e reaparece a cada experiência sentimental. Não resiste ao sortilégio do mar e a ele retorna sempre. É possível que a esta hora já esteja nas docas, abrigada na casa de um de seus amigos, ou se encaminhando para aqui.

Manfredo seguiu pela parte velha do porto, atravessando ruas encardidas, sem prestar atenção à fuligem das paredes, ao calçamento enlameado de barro e óleo. Nada lhe repugnava, nem mesmo o cheiro intenso de frituras de peixe, porque Epidólia por ali caminhara e poderia surgir inesperadamente em uma janela ou sair de um jardim sobraçando flores. A sua imagem crescia, tomava forma, quase adquirindo consistência. Perto e longe, a amada se perdia por detrás do casario.

Batia de porta em porta, perguntava — o coração opresso — ou nada dizendo, apenas vasculhando com os olhos corredores, alpendres e quintais.

O processo era lento, desesperador. Abandona-o. Afasta-se do passeio e vai pelo meio da rua. Acredita que gritando pelo nome ela acudiria. Grita.

Atrás dele ajuntavam-se crianças, formando um cortejo a que em seguida se incorporariam adultos — homens e mulheres, moços e velhos — unidos todos em uníssono grito: Epidólia, Epidólia, Epidólia. Começavam alto. Aos poucos, as vozes desciam de tom, transformando-se em soturno murmúrio, para de novo se altearem em lenta escala.

Chegara à exaustão e o nome da amada, a alcançar absurdas gradações pelo imenso coral, levava-o ao limite extremo da angústia. Apertou o ouvido com as mãos, enquanto o coro se distanciava, até desaparecer. Pirópolis recuara no tempo e no espaço, não mais havia o mar.

O parque readquirira as dimensões antigas, Manfredo pisava uma cidade envelhecida.

PETÚNIA

E nascerão nas suas casas espinhos e urtigas e nas fortalezas o azevinho.

(Isaías, *XXXIV, 13*)

Nem sempre amou Petúnia. Mas não sabia de quem a tivesse amado tanto, enquanto Petúnia.

Eles gostavam dos jardins, dos pássaros, dos cavalos-marinhos, de suas filhas — três louras Petúnias, enterradas na última primavera: Petúnia Maria, Petúnia Jandira, Petúnia Angélica.

Quando dos pequeninos túmulos, colocados à margem da estrada, saíram os minúsculos titeus, nada mais pertencia a Éolo. Cacilda se assenhoreara do seu talento, das suas recordações. Proibira-lhe visitar os jazigos das meninas, levar-lhes copos-de-leite, azáleas. Vedou-lhe o jardim, tomou-lhe o binóculo. É que apareceram os timóteos, umas flores alegres, eméritos dançarinos. Divertiam as miúdas Petúnias, brincando de roda, ensinando-lhes a dança, despindo-se das pétalas. A sua nudez aborrecia Cacilda. Sem protesto, Éolo aguardava as begônias, naquele ano ausentes.

Longa se tornou a espera e se punha triste por andar sozinho pelo quarto úmido. Impedido de franquear as janelas, que a esposa mandara trancar com pregos, ele imaginava com amargura os lindos bailados dos timóteos, a alegria das louras

Petúnias. Por que Petúnia-mãe as julgava mortas, se nada apodrecera?

A primeira Petúnia, Petúnia Maria, filha de Petúnia Joana, levou-o a acreditar que os dias seriam felizes.

— Chamo-me Cacilda. Nenhuma delas se chama Petúnia — gritava a mulher. (Cacos de vidro, perdeu-se o amor de encontro à vidraça.)

Por que begônias? Felônia, felonia. Fenelão comeu a pedra. — Petúnia Jandira gostava de histórias:

— Papai, quando virão os proteus?

— Não come a gente, são dançarinos, filhinha.

— E os homens?

— Fenelão comeu a pedra. Era lírico o Fenelão.

Éolo não tinha planos para casamento, porém sua mãe pensava de outro modo:

— Sou rica e só tenho você. Não admito que minha fortuna vá para as mãos do Estado. — E, irritada diante dessa possibilidade, alteava a voz: — Quero que ela fique com os meus netos!

Vendo que não conseguia mudar as convicções do filho, nem seduzi-lo com a visão antecipada de possíveis descendentes, descaía para a pieguice:

— Além do mais, amor, quem cuidará do meu Eolinho?

O diminutivo era o bastante para enfurecê-lo. Saía batendo portas até seu quarto.

Periodicamente dona Mineides promovia festinhas, enchendo a casa de moças, esperançosa de que o rapaz casasse com uma delas. Às que reuniam, na sua opinião, melhores qualidades para o matrimônio, insinuava aparentando uma infelicidade um tanto fingida: "Alguém terá que substituir-me e cuidar dele com o mesmo carinho". — As jovens concordavam, felizes por se tornarem cúmplices da velha.

O filho bocejava. Ou se irritava ouvindo os gritinhos histéricos, as perguntas idiotas, a admiração das mocinhas pelo casarão, onde o mau gosto predominava.

Enfastiado, esperava esvaziar-se o recinto, cessar o alvoroço das inquietas raparigas. Terminada a festa, dona Mineides e os criados já recolhidos aos aposentos, os pássaros invadiam as salas, voavam em torno dos lustres, pousavam nos braços das cadeiras. Não cantavam. Ruflavam de leve as asas, para não despertar os que dormiam, pois jamais permitiam que outras pessoas, além dele, os vissem em seus vôos noturnos.

Estava Éolo, uma tarde, a soltar bolhas de sabão quando ouviu de longe a mãe berrar:

— Éolo, seu surdo, venha cá!

Relutou em atender ao chamado, tal o seu desagrado pelo tom brusco com que solicitavam a sua presença na sala.

A velha aguardava-o impaciente. Logo que pressentiu seus passos no corredor, avançou em direção do filho, arrastando pelas mãos uma moça que pouco à vontade a acompanhava:

— É ela.

Não se lembraria em seguida de ter ouvido o nome de Cacilda, talvez pela surpresa do encontro. O rubor subiu-lhe à face, ele que de ordinário mostrava-se seguro de si ou indiferente no trato com as mulheres. Ficou a contemplar em silêncio os olhos castanhos e grandes, os lábios carnudos, os cabelos longos da desconhecida. Vagaroso, aproximou-se dela e tomou-a nos braços. Apertou-a, a princípio com suavidade, para depois estreitá-la fortemente. Dominado pela sensualidade que aquele corpo lhe provocava, esqueceu-se da mãe. A jovem mulher não se perturbou. Desprendeu-se dele e disse com naturalidade:

— Lindos pássaros.

Dona Mineides olhou para os lados e nada vendo perguntou:

— Que pássaros?

Éolo ignorou a pergunta, já convencido de que sempre amara Petúnia, porque na sua frente estava Petúnia.

A mãe não presenciou o casamento. Antes de morrer, manifestou o desejo de ver seu retrato transferido da sala de jantar para os aposentos que iriam abrigar o casal. Petúnia apressou-se em concordar, enquanto Éolo, consciente dos motivos que levavam a moribunda a expressar o estranho pedido, hesitava em dar sua aquiescência.

Casados, os dias corriam tranqüilos para os dois. A casa vivia povoada de pássaros e cavalos-marinhos, estes trazidos pela noiva. Até o nascimento da terceira filha nenhum atrito criara desarmonia entre eles.

Alguns dias após o último parto, aterrorizada, Petúnia acordou o marido:

— Olha, olha o retrato!

Éolo demorou a entender por que fora despertado de maneira tão repentina. Finalmente compreendeu a razão: a maquilagem da mãe se desfazia no quadro, escorrendo tela abaixo. Levantou-se resmungando. Com a ajuda de batom e cosméticos retocou o rosto de dona Mineides.

— Pronto — disse. O sorriso demonstrava sua satisfação pelo trabalho realizado.

Petúnia fez uma cara de nojo e virou-se para o canto. Custou a reencetar o sono interrompido. Por mais que tentasse esquecer a cena, tinha o pensamento voltado para o retrato da sogra a derreter-se, sujando a moldura e o assoalho.

A repetição do fato nas noites subseqüentes aumentou o desespero dela. Suplicava ao esposo que retirasse o quadro da parede. Éolo fingia-se desentendido. Pacientemente recompunha sempre a pintura da velha.

Houve um momento em que Petúnia descontrolou-se:

— Como é possível amar, com essa bruxa no quarto?

As relações entre os dois, aos poucos, tornavam-se frias, sem que deixassem de compartilhar a mesma cama. Quase não se falavam, os corpos distantes, nunca se tocando. Cacilda lhe dava as costas e entediada lia um livro qualquer. Também descuidava das filhas e muitas vezes as evitava.

Éolo acabava de entrar em casa, vindo da cidade, quando sentiu o corpo tremer, afrouxarem-lhe as pernas, a náusea chegando à boca: jogadas no sofá, as três Petúnias jaziam inertes, estranguladas. Cambaleante, deu alguns passos. Depois retrocedeu, apoiando-se de encontro à parede. Transcorridos alguns minutos, superou a imensa fadiga que se entranhara nele e pôde observar melhor as filhas. Quis reanimá-las, endireitar-lhes os pescocinhos, firmar as cabecinhas pendidas para o lado.

Percebeu a inutilidade dos seus esforços e rompeu-se num pranto convulsivo. Não entendia por que alguém poderia ter feito aquilo. De repente tudo se aclarou e saiu à procura de Cacilda. Encontrou-a sentada na cama, segurando a cabeça nas mãos.

Inquirida sobre o que acontecera, levantou os olhos secos na direção do marido:

— Foi ela, a megera. — A voz era inexpressiva, sumida. O dedo apontava o retrato da velha a se desmanchar na tela.

Perdera a noção de quantas horas havia dormido. O primeiro pensamento, ao acordar, foi para as Petúnias. Seguiu até a sala e surpreendeu-se por não vê-las no mesmo lugar. Vasculhou os aposentos. Nenhum sinal das filhas ou da mulher. Teve o pressentimento de que tinham sido levadas para o jardim e desceu rápido as escadas. Não transpôs a porta. Os cavalos-marinhos obstruíam a passagem. Avançaram sobre ele, subindo pelas suas roupas, cobrindo-lhe o rosto, os cabelos. Recuou apavorado, a sacudir para longe os agressores.

Cacilda retornou tarde. Não deu explicações do que se passara, nem justificou sua ausência. Daí por diante, Éolo habituou-se às constantes fugas da esposa, que saía de manhã e só regressava com o sol-posto. Não dirigia uma palavra sequer ao marido, mas aparentava tranqüilidade e espelhava, às vezes, certa euforia. Também costumava assobiar.

Por muito tempo Éolo se absteve de sair de casa, temeroso da fúria dos cavalos-marinhos. Impossibilitado de saber o que se passava lá fora, através das janelas hermeticamente trancadas, vagava pelos quartos, afogava-se na tristeza.

Quando, por acaso, descobriu que os pequenos animais tinham o sono tão profundo quanto o de Cacilda, a alegria lhe retornou. Bem-sucedido na primeira tentativa de chegar ao pátio sem ser molestado, adquiriu a confiança de que jamais seria pressentido em seus passeios noturnos. Tão logo a esposa adormecia, escapava sorrateiro da cama, escorregando por debaixo das cobertas. Fazia o menor ruído possível e ao alcançar o jardim desenterrava as filhas, transferidas de seus túmulos para um canteiro de açucenas. Elas se desvencilhavam rápidas de suas mãos e ensaiavam imediatamente os primeiros passos de uma dança que se prolongaria pela madrugada afora. Ao lado, bailavam risonhos os titeus e proteus.

Em uma das ocasiões em que se preparava para levantar-se, descuidou-se um pouco, suspendendo demasiadamente o lençol que cobria a companheira: no ventre dela nascera uma flor negra e viscosa. Recém-desabrochada. Cortou-a pela haste, utilizando uma faca que buscara na cozinha, e levou-a consigo. Caminhava sem precaução, a esbarrar nas portas, tropeçando nos degraus. Contudo manteve os seus hábitos. Apenas não prestou grande atenção nos bailados nem limpou cuidadosamente as Petúnias.

Nas noites seguintes sempre encontrava a rosa escura presa à pele de sua mulher. Não mais a cortava. Arrancava-a com violência e a desfazia entre os dedos. Nervoso, descia ao jardim, para cumprir o ritual a que se acostumara.

Mesmo contra a sua vontade, não conseguia abandonar o leito sem descobrir o corpo da esposa, muito menos desviar os olhos da flor. Na impossibilidade de livrar-se daquela presença obcecante, procurou a faca com que decepara a flor negra da primeira vez e enterrou-a em Cacilda.

Éolo, o olhar fixo no busto da morta, contemplava-o sem a avidez de anos atrás. Voltou-se, por instantes, para os lábios carnudos, dos quais desaparecera a antiga sensualidade. Ao levantar a cabeça, notou que a maquilagem da mãe se desfizera. Recompôs a pintura e sentou novamente na cama. O sangue ainda escorria da ferida, quando multiplicaram as flores no ventre de Cacilda.

Carregou-a nos braços até o quintal. Depois de alguma hesitação quanto à escolha do local onde abriria a cova, optou por um canteiro de couves. Cavou um buraco fundo, jogando nele o corpo. Mal o cobrira com terra, da improvisada sepultura emergiram pétalas viscosas e pretas. Maquinalmente foi arrancando uma a uma. Em meio à tarefa, lembrou-se das filhas. Largou o que estava fazendo e correu para desenterrá-las. Sentia-se extenuado, porém aguardou que elas terminassem a dança, antes que subisse ao quarto. Jogou-se na cama sem despir-se e adormeceu imediatamente. Não dormiu muito. Os estalidos, que vinham do assoalho, acordaram-no. Sobressaltado, viu o aposento atapetado de rosas negras. Urgia destruí-las, senão passariam a outras dependências, chegariam às casas mais próximas, levando consigo a prova do crime. E os vizinhos não deixariam de denunciá-lo à polícia. Alarmou-se com a possibilidade de ser encarcerado: quem cuidaria do retrato da mãe, quem retiraria da terra as Petúnias?

Não dorme. Sabe que os seus dias serão consumidos em desenterrar as filhas, retocar o quadro, arrancar as flores. Traz o rosto constantemente alagado pelo suor, o corpo dolorido, os olhos vermelhos, queimando. O sono é quase invencível, mas prossegue.

AGLAIA

Eu multiplicarei os teus trabalhos
e os teus partos.

(Gênesis, *III, 16*)

Vinha do seu giro habitual pelos bares da praia. Cambaleava, apesar de amparar-se no ombro da moça morena. O recepcionista do hotel observou que Colebra estava mais embriagado do que nas outras noites. A mulher também não era a mesma da véspera, mas já se acostumara a vê-lo mudar constantemente de companhia. Retirou do escaninho, juntamente com a chave do apartamento, um envelope volumoso, que entregou ao hóspede. Este, numa voz pastosa, pediu que mandassem para seu quarto uma garrafa de uísque e dois copos:

— Sempre comemoro o dia em que minha mulher me envia a mesada.

Os dedos incertos, teve dificuldade em abrir o envelope. Ao rompê-lo, espalharam-se pelo chão fotografias de recém-nascidos. Recolheu no meio delas o cheque:

— São meus filhos. Os da última safra. — E apontava para as fotos.

Pronunciara as palavras com ódio, procurando ser sarcástico. Passou o braço pela cintura da companheira e a conduziu até o elevador. Ficaram no décimo andar.

* * *

A moça morena desistiu de dormir com ele na terceira dose da bebida. Largou-o, inconsciente, e ainda vestido.

Tão logo ela abandonou o aposento, os meninos começaram a entrar pela porta semicerrada. Depois de ocuparem o espaço livre do quarto, subiram uns nos ombros dos outros, para permitir a entrada dos que permaneciam no corredor. Invadiram a cama e foram-se amontoando sobre o corpo de Colebra, que forcejava para escapar à letargia alcoólica e desvencilhar-se do peso incômodo, a crescer gradativamente. Tarde recuperou a consciência. Ainda esbracejou, ouvindo o estalar de pequenos ossos, romperem-se cartilagens, uma coisa viscosa a empapar-lhe os cabelos. Quis gritar, a boca não lhe obedeceu. Sufocado por fezes e urina, que desciam pelo seu rosto, vomitou.

1 O pai não se opunha ao casamento, desde que realizado sob o regime de separação de bens. Procurava, assim, preservar a fortuna da filha, havida com o falecimento de uma tia.

Colebra concordou:

— A sua desconfiança é justa, pois sabe que, no momento, nem emprego tenho. Em contrapartida, só me casarei mediante o compromisso de não termos filhos.

A exigência era fácil de ser atendida, porque a noiva tinha idêntico pensamento. Repugnava-lhe uma prole — pequena ou numerosa.

2 Após a cansativa cerimônia nupcial e uma viagem aérea, os dois olhavam o mar da janela do hotel. Aglaia, porém, tinha pressa de ir para a cama:

— Posso despir-me aqui?

Um insólito pudor instigou-o a apontar o banheiro do apartamento. Em seguida voltou atrás:

— Onde quiser. (O que lhe acontecera? Jamais se envergonhara diante de mulheres desnudas!)

Ela retornou ao quarto vestida com uma camisola transparente, entremostrando a carnadura sólida e harmônica.

Colebra esqueceu a momentânea reação de recato. Envolveu a jovem mulher nos braços e, ao acomodá-la no leito, Aglaia se desnudou: do busto despontaram os seios duros. Subiu as mãos pelas coxas dela e pensou, satisfeito, que nenhum filho nasceria para deformar aquele corpo.

3 Tudo era festa e ruído na vida deles. Acompanhados de grupos irrequietos, corriam para a luz, refugiavam-se na penumbra. Vidros e espelhos, tinham de sugar sofregamente o que a noite lhes oferecia. Pela madrugada, insaciados, abrigavam-se em casa e prosseguiam o ritual orgíaco até a explosão final do sexo. (O cemitério de copos e garrafas.)

De repente houve uma ruptura violenta: cessaram as regras de Aglaia.

Tentaram se enganar, acreditando que a suspensão menstrual seria temporária e retornaram aos programas noturnos, interrompidos durante a semana. Para ela, entretanto, o champanha perdera o antigo sabor, a penumbra a deprimia, sua apreensão contaminava o marido.

Implorantes, abatidos, procuraram o ginecologista, que procedeu ao exame da paciente e concluiu por uma possível gravidez.

— Possível? — indagou aborrecida.

— Exato. Certeza só daqui a algum tempo, através do teste de laboratório.

— Doutor, tudo que o senhor diz é vago e reticente. Como posso estar grávida, se tomei a pílula?

— Provavelmente não observou a prescrição do anovulatório. Conheço vários casos iguais ao seu.

— Se ocorrer o pior, qual o prazo que terei para abortar?

— Entre dois e três meses... Mas a senhora não vai cometer essa tolice. Sem contar os riscos que sua saúde correrá, está sujeita a ganhar alguns anos de prisão.

A advertência do médico não os demoveu da intenção de impedir, de qualquer modo, o nascimento da criança. Esperaram somente a época oportuna para procurar a pessoa que se encarregaria da tarefa.

4 Estava, desde a manhã do dia anterior, recostada no sofá, com uma sonda no útero.

Além do corpo dolorido, a náusea aumentava seu mal-estar. Dormitava a pequenos intervalos e vagarosamente o sangue começou a escorrer, intensificaram-se as dores.

No instante em que Aglaia, impaciente com a demora do aborto, entrou em crise histérica, a parteira a transferiu para a mesa obstétrica.

— Por favor, a anestesia — pediu numa voz lamurienta.

Preocupada em observar a dilatação do colo uterino, a mulher encarou-a com raiva:

— Isto aqui não é hospital.

Concentrou-se novamente no seu trabalho e notou que a hemorragia tornava-se abundante, aceleravam-se as contrações. Pouco depois o embrião caía nas suas mãos. Jogou-o numa bacia e caminhou até o armário. De lá trouxe um instrumento semelhante a uma colher de bordas cortantes, que utilizou para fazer a curetagem. A paciente cerrou os olhos, temerosa de ver a cena. Ultrapassara os limites do sofrimento físico. Desmaiou.

Ao chegar a casa, ela ingeriu uma dose avultada de barbitúricos. Mesmo assim, não dormiu muito e acordou de madrugada com agudas cólicas abdominais. Ansiada, sacudida pelos vômitos, seus gemidos despertaram o marido. Assustado com o estado dela, telefonou ao ginecologista e lhe fez um breve relato do que se passava. A resposta seria de uma pessoa ofendida:

— Vocês são uns irresponsáveis! Como puderam fazer isso, se foram alertados das conseqüências?! Sigam imediatamente para o hospital.

5 Útero perfurado — fora o diagnóstico do médico.

Nos três dias posteriores à hospitalização, enfraquecida pelas sucessivas hemorragias, Aglaia teve seu quadro clínico agravado por uma septicemia.

Colebra se desesperou: tinham de salvá-la, senão ele retrocederia na escala social, os amigos desapareceriam à notícia de que voltara a ser um pobretão. (E a estúpida não usara corretamente a pílula!)

O dinheiro era sua idéia fixa. Sem diploma, habilitação para aspirar ocupações rendosas e detestando trabalhar, temia o possível retorno aos tempos dos pequenos empregos, dos biscates humilhantes.

Ia e vinha pelos corredores, importunando as enfermeiras, à espera de palavras tranqüilizadoras.

Insatisfeito com as respostas, sentindo-se vítima da incompetência dos médicos, pensou ter descoberto uma saída, a única: pedir à esposa que fizesse o testamento. Não desejava tudo para si, o sogro herdaria a metade.

Ela aquiesceu, sem forças para negar, prostrada pela anemia.

No momento exato em que o tabelião, diante das testemunhas, perguntou se a enferma estava em condições de decidir sobre o destino de seus bens, o ginecologista entrou no quarto e, revoltado com a imprudência, pois proibira as visitas, enxotou-os:

— Abutres, para fora!

6 Por fim, o alívio, a convalescença, a alegria, um pouco murcha, voltando. Bebiam menos descontraídos, sentindo pesar-lhes a sombra do anovulatório, a ser usado sob rigoroso controle.

De nada valeram as precauções e de novo Aglaia engravidou. Indignada, saiu atrás do médico, que estranhou o fato: não compreendia, porém os tratados confirmavam a existência de percentagem pequena de falhas na utilização da pílula. Insistiu que continuasse a usá-la e mudasse a marca do anticoncepcional.

Surpreendentemente ela sofreu outra gravidez. Desconcertado, o ginecologista recomendou o uso de um dispositivo intra-uterino, que também não produziu o efeito previsto.

Colebra achou melhor procurarem outros médicos e estes sugeriram métodos antigos, que incluíam tabelas e preservativos, sob a forma de *condoms*, espermicidas, esponjas, supositórios. Não obstante os filhos continuavam a vir.

Experimentaram evitar os contatos sexuais. Nem com essa decisão Aglaia deixou de engravidar. E o marido não podia suspeitar dela porque as crianças só pareciam com ele: os mesmos cabelos louros, as sardas, os olhos esverdeados, a pele clara, enquanto a mãe era morena.

Na desesperança deixaram-se esterilizar e o resultado os decepcionou. Em prazo mais curto do que o normal nasceram trigêmeos.

7 Desencadeara o processo e de súbito o nascimento dos filhos não obedecia ao período convencional, a gestação encurtava-se velozmente. Nasciam com seis, três, dois meses e até vinte dias após a fecundação. Jamais vinham sozinhos, mas em ninhadas de quatro e cinco. Do tamanho de uma cobaia, cresciam com rapidez, logo atingindo o desenvolvimento dos meninos normais.

Não se prendiam ao corpo materno pelo cordão umbilical. Essa circunstância facilitava o parto, sem que amenizasse as dores e fossem menores os incômodos da gravidez.

Com o tempo, tiveram de contratar uma parteira permanente e fazer acréscimos na casa, pequena para conter a família.

Desde que uma das crianças nascera dentro de um táxi, evitavam sair à rua. O episódio serviu para acirrar as rixas entre os dois, que se acusavam mutuamente da interminável série de partos.

Os amigos pediam-lhes calma, os médicos insistiam que todo um processo de fecundação fora violentamente alterado e a medicina não podia explicar o inexplicável.

Insensíveis aos conselhos e advertências, viam no sexo a maldição, a origem do caos.

Consumiam-se no rancor e, como fórmula de atenuar os atritos, concordaram em dormir em quartos separados. A medida foi ineficaz. Em qualquer lugar em que se defrontassem, reiniciavam as discussões.

Partiu dela a iniciativa do desquite. Oferecia em troca, ao companheiro, generosa pensão mensal. O marido hesitou em aceitá-la, julgando conveniente não dar uma resposta imediata. Na simulação de indiferença pela oferta, esperava negociar um acordo e obter uma quantia maior que a oferecida.

8 A mulher parecia ter-se desinteressado do assunto e ele se impacientava, irritava-se com as crianças, barulhentas e sujas, que um batalhão de empregadas se esforçava em vão para manter limpas. Além da algazarra, das brigas, a desordem dominava a casa. Em meio a móveis quebrados, fraldas molhadas e pedaços de brinquedos, os pequenos destruidores se divertiam em jogar para o ar as bolas e urinóis nem sempre vazios. Apesar da contínua vigilância, Colebra se surpreendia, às vezes, com o impacto de um objeto atirado na sua cabeça. Nessas ocasiões, reagia brutalmente, jogando os meninos contra a parede. Reprimia, a custo, o impulso de esmagá-los com os pés.

9 Quando nasceram as primeiras filhas de olhos de vidro, Colebra ficou confuso e uma dúvida, que nunca lhe ocorrera, perturbou-o, apressando sua decisão de aceitar o desquite sugerido pela esposa. Procurou-a um tanto temeroso de que, arrependida, ela recusasse o acordo ou reduzisse o valor da mesada. Não houve, todavia, dificuldade no acerto final. Disfarçando seu contentamento, ele se afastou para cuidar da bagagem.

Do seu quarto, ouviu gritos. Correu de volta à sala e encontrou Aglaia soluçando:

— Não me abandone, não me deixe sozinha a parir essas coisas que nem ao menos se parecem comigo! Por favor, não me abandone!

O marido ficou indeciso se ela se arrependera em consentir na separação ou se apenas sofria as dores provocadas pelas contrações uterinas. Na incerteza, retrocedeu para apanhar as malas e, no caminho, chamou a parteira.

O CONVIDADO

Vê pois que passam os meus breves anos, e eu caminho por uma vereda, pela qual não voltarei.

(Jó, XVI, 23)

O convite que acabara de receber muito contrariava o seu gosto pelos detalhes. Além de não mencionar a data e o local da festa, omitia o nome das pessoas que a promoviam. Silenciava quanto ao traje das senhoras, apesar de exigir para os cavalheiros fardão e bicorne ou casaca irlandesa sem condecorações. À falta de outros esclarecimentos, julgou tratar-se de alguma festividade religiosa ou de insípida comemoração acadêmica.

José Alferes tornou a examinar o envelope, preocupado com a possibilidade de um equívoco ou de simples brincadeira de desocupados. — Mas a quem interessaria divertir-se à custa de um estranho em uma metrópole de cinco milhões de habitantes? — A idéia era evidentemente absurda, tendo-se em conta que o seu círculo de relações não excedia o corpo de funcionários do hotel, onde se encontrava hospedado havia quatro meses.

Pensou em jogar fora a carta, só não o fazendo ao lembrar-se de Débora, a estenógrafa, pensionista de um dos apartamentos no mesmo andar do seu. Poderia ser ela, sem dúvida, poderia. O talhe feminino da caligrafia autorizava essa suposição. Despreocupou-se das omissões do convite — coisa de mulher —

para concentrar-se apenas nas formas sensuais da sua vizinha: ancas sólidas, seios duros, as pernas perfeitas.

Fizera diversas tentativas de abordá-la e fora repelido. Com um meio sorriso, uma frase reticente, olhava-o furtivamente e, sem virar-se para trás, sabia que Alferes ficara parado, o sangue fervendo, a acompanhar-lhe os passos por toda a extensão do corredor.

A janela do seu quarto dava para uma casa que alugava roupas destinadas a qualquer tipo de solenidade, bailes ou recepções. Mesmo com estoque variado, a sua freguesia era reduzida. Naquela manhã, entretanto, apresentava um movimento considerável de pessoas entrando e saindo, na maioria carregando embrulhos. Durante algum tempo, José Alferes observou sem grande interesse o que se passava no outro lado da rua. De súbito bateu a mão na testa, apressando-se em trocar o pijama pelo primeiro terno que encontrou no guarda-roupa. E, no embalo de repentina euforia, ensaiou um passo de dança abraçado a uma dama invisível que mais tarde poderia adquirir a solidez do corpo de Débora, porque já se convencera: a festa estava bem próxima. Se não, como explicar o procedimento de tanta gente alugando indumentárias especiais nessa época do ano, quando o calendário não indicava nenhuma festividade tradicional?

Ao entrar na loja, encontrou-a vazia. O único empregado da firma, um senhor idoso, atendeu-o. A agitação de Alferes não lhe permitiu ir direto ao assunto. Perguntou ao velho se tinha notícia de recepção ou algo parecido para aquela noite.

A resposta pouco o esclareceu: acreditava que sim, porém nada de positivo soubera pela boca dos fregueses atendidos na parte da manhã. Aconselhava-o a procurar Faetonte, o motorista de táxi do posto da esquina que era, no setor hoteleiro, o condutor habitual dos que procuravam divertimentos noturnos na cidade.

José Alferes percebeu que o seu interlocutor ocultava alguma coisa. Contudo preferiu não insistir. Tirou do bolso o convite e indagou se poderia conseguir um dos trajes nele sugeridos.

O homem relanceou os olhos pelos armários, reexaminou o papel, enrolou-o entre os dedos, limpou os óculos e, sem pressa, dirigiu-se aos fundos da loja, para reaparecer sobraçando umas vestes negras e um chapéu de plumas:

— Não é exatamente o exigido, mas servem.

Havia tal segurança na voz e nos modos do caixeiro que Alferes, mesmo vendo não ser bicórneo o chapéu, evitou contradizê-lo. A um sinal do outro, acompanhou-o a um cubículo revestido de espelhos.

Um pouco constrangido e desajeitado, ia experimentando as peças do vestuário, quase todas em seda preta: um gibão, calções, meias longas, sapatilhas e, para adornar o pescoço, rufos brancos engomados. Por último o espadim.

A carteira de dinheiro aberta, deteve-se um instante na contagem das notas que cobririam o pagamento do aluguel, procurando localizar algo perdido na memória.

— Não está satisfeito? — perguntou o velho, incomodado com o silêncio do cliente.

— Estou. Apenas tentava recompor a imagem de um rei antigo, com esta mesma roupa, numa gravura também antiga. Talvez um rei espanhol ou o retrato de um desconhecido.

De volta ao hotel, meteu-se novamente no pijama. Pediu o almoço no quarto e, fora de seus hábitos, recomendou um vinho estrangeiro, prelibando o encontro da noite. A custo refreou a vontade de telefonar para a estenógrafa. — Se a carta não vinha assinada — raciocinava — é que era desejo dela permanecer incógnita. Dada a natureza vacilante de Débora, um gesto precipitado seu poderia levá-la a negar qualquer participação na remessa do convite.

Conteve a impaciência, apesar do lento fluir do tempo. Aproveitou-o mais tarde para aprontar-se com amoroso cuidado, desde o banho, a água morna perfumada por essências, o ajeitar dos rufos, o esticar das meias compridas, eliminando as menores rugas. Os calções justos traziam-lhe certo desconforto e a figura refletida no espelho desagradava-lhe pelo aspecto sombrio. Sorriu ao pôr o chapéu: as plumas suavizavam um pouco a austeridade do vestuário. Entre um e outro pensamento, tentava relembrar onde vira alguém vestido do mesmo modo. Um rei espanhol ou um desconhecido?

Pairava no elevador um perfume vagamente familiar. Gostaria que pertencesse à sua vizinha e perguntou ao cabineiro se ela acabara de descer.

— A senhorita Débora viajou de férias ontem à tarde.

— Viajou? — A surpresa quase o desmontou da naturalidade que imprimira à pergunta. Sentia ruir os planos de um dia inteiramente construído para uma noite singular. O primeiro impulso foi de retornar ao apartamento e livrar-se daquele traje incômodo. Os gastos feitos, a dificuldade de substituir por outro o programa idealizado e principalmente o medo de cair no ridículo, se descobrissem ter sido convidado a participar de uma festa por uma mulher que viajara na véspera, fizeram-no prosseguir.

— Ah, sabia sim, tinha-me esquecido — desculpou-se. E deu ao ascensorista uma gorjeta maior que a de costume, como se ela o redimisse da decepção sofrida.

Não saberia explicar por que entre vários táxis no estacionamento escolhera exatamente o de Faetonte. Seria pelo uniforme incomum que envergava — uma túnica azul com alamares dourados e a calça vermelha? — Isso pouco importava. Já se acomodara no banco traseiro do carro.

— Calculo que o nosso destino é o bairro de Stericon, na parte nobre da cidade.

— Não estou certo — respondeu Alferes —, apenas sei que devo ir a uma recepção, para a qual exigem uma roupa igual a esta.

— Então é lá mesmo — retrucou o chofer, pondo o veículo em movimento.

Rodaram durante meia hora, passando por residências ricas, de arquitetura requintada ou de mau gosto. Detiveram-se ao deparar um sobrado mal iluminado e meio escondido por muros altos.

— Tem certeza que é neste lugar, Faetonte? — A ausência de outros automóveis em frente à casa e sua minguada iluminação justificavam seu ceticismo.

— Absoluta. Olha ali, é o porteiro se dirigindo ao nosso encontro.

De fato, na direção deles vinha um homem de terno azul e boina verde. Fez uma reverência exagerada, girando em seguida a maçaneta do carro:

— Tenha a bondade de descer, cavalheiro.

Alferes apreciou a deferência:

— Esta roupa atende às determinações do protocolo?

— Desculpe-me, minha função não vai a tanto. Fui encarregado somente de receber o convidado.

— Ótimo, assim as coisas tornam-se mais simples. Sou a pessoa que o senhor aguarda. — E mostrou-lhe o convite.

O porteiro pediu-lhe que esperasse: iria comunicar sua chegada ao comitê de recepção. Minutos depois retornava acompanhado de três senhores discretamente trajados. Moveram de leve as cabeças num cumprimento inexpressivo. Examinaram Alferes, do rosto ao vestuário, demonstrando visível insegurança pela dificuldade em reconhecer nele a pessoa esperada. Silenciosos, retrocederam alguns passos, para mais adiante fecharem-se em círculo, as mãos apoiadas nos ombros uns dos outros. Confabulavam.

Voltaram descontraídos e coube ao mais velho interpretar o pensamento dos três:

— Concordamos que o seu traje obedece às normas preestabelecidas e a autenticidade do convite é incontestável. Aliás, foi o único expedido através dos correios. Os demais convivas foram avisados pelo telefone. Apesar da evidência, o instinto nos diz que o nosso homenageado ainda está por chegar. Não podemos, todavia, impedir a entrada do senhor, mesmo sabendo de antemão os transtornos que a sua presença acarretará, pois muitos o confundirão com o verdadeiro convidado. À medida que isso aconteça, nos apressaremos em esclarecer o equívoco.

Entraram juntos por um corredor estreito e escuro. De repente, ao abrir-se uma porta larga, deram com um salão fartamente iluminado e repleto de pessoas conversando, rindo, enquanto os garçons serviam bebidas. Alferes foi empurrado de um lado para outro. Todas as vezes que alguém se encontrava frente a frente com ele, pedia-lhe desculpas, cumprimentava-o efusivamente. Os membros da Comissão intervinham, desfazendo o engano. Prosseguiram assim por outras salas, também cheias, repetindo-se os equívocos e os desmentidos.

A notícia da presença de um falso convidado na festa circulara rápido, o que permitiu a Alferes atravessar sem ser importunado os últimos salões e chegar aos fundos da casa. Uma leve brisa refrescou seu rosto alagado pelo suor. Vinha do parque, onde numerosas pessoas em trajes de passeio se reuniam em bandos dispersos entre árvores e bancos dos jardins. Estes se projetavam pela propriedade adentro, separados uns dos outros, a espaços regulares, por sebes de fícus cortadas em estreitas passagens.

Embora soubessem da delicada situação de José Alferes, ninguém o tratava a distância ou com hostilidade. Pelo contrário, procuravam cercá-lo de atenções, insistindo que se juntasse às alegres rodas, formadas de senhoras e cavalheiros excessivamente corteses. Mas logo ele se retraía e se afastava ante a impossibilidade de acompanhar os diálogos, que giravam em torno de um único e cansativo tema: a criação e corridas de cavalos.

Não ficava muito tempo sozinho. Dele se aproximavam outros participantes da reunião, dispostos a tudo fazer para interessá-lo em potrancas, baias, selins, charretes, puros-sangues. Ouvia-os enfadado, desde que nunca fora a hipódromos, fazendas e jamais montara sequer um burro. Tentava desviar a conversa, falando do homem esperado, aquele que daria sentido à recepção. Respondiam com evasivas: não o conheciam, ignoravam o seu aspecto físico, os motivos da homenagem. Sabiam, entretanto, que sem ele a festa não seria iniciada.

Sentado num banco de pedra, José Alferes sente aumentar sua irritação pelas lisonjas, as apresentações cerimoniosas, os gestos delicados. Rejeitava firme, às vezes duro, novas solicitações para aderir aos grupos de criaturas cativantes e vazias.

Acabara de repelir a investida de uns poucos inconformados com o seu isolamento, quando viu caminhar na sua direção uma bela mulher. Alta, vestida de veludo escuro, o rosto muito claro, o cabelo entre o negro e o castanho, parecia nascer da noite.

Vinha sorrindo, o copo de uísque na mão. Os seus olhos brilhavam como se umedecidos pela neblina que começava a cair.

— Vamos, tome. Nem tudo é ruim nesta festa — disse, estendendo-lhe o copo.

A voz agradável, os dentes perfeitos realçavam sua beleza, a crescer à medida que se aproximava:

— O seu nome todos sabem, o meu é Astérope.

Rendeu-se à espontaneidade dela, receando uma só pergunta, e esta veio:

— Costuma ir ao hipódromo?

Lamentou sua dificuldade em mentir ou contornar situações embaraçosas:

— Francamente, este é um assunto que me dá o maior tédio.

Encabulada, ela procurou disfarçar o desapontamento, indagando se ele gostaria de conhecer os jardins da casa. Sem esperar resposta, deu-lhe o braço:

— São lindos.

A Alferes escapavam as boas maneiras, daí a necessidade

de penitenciar-se constantemente das frases bruscas, onde a intenção de ferir inexistia:

— Desculpe-me, não quis ofendê-la. Aqui se reúnem unicamente aficionados de cavalos?

— Simples coincidência, nada programamos nesse sentido.

O terreno era perigoso. Mudou rápido o curso da conversa:

— Você conhece o convidado?

Astérope olhou-o fixamente, como se pretendesse descobrir nele algo que ainda não decifrara:

— Vagamente, de referências. Vou conhecê-lo melhor hoje, na cama, pois dormiremos juntos.

— Um absurdo, você nem sabe quem é ele!

— Fui escolhida pela Comissão.

— Considero isso uma estupidez. E se for um homem doente, feio ou aleijado?

— Vale a pena correr o risco.

Além do desagrado de saber que mais tarde ela estaria deitada com outro, algo de inquietante emanava de Astérope. Da excessiva beleza ou do brilho dos olhos?

Foram varando jardins. Intranqüilo, metido em dúvidas, Alferes ouvia desatento a companheira.

Por vezes, olhando em torno, achava o parque demasiado extenso. Calava a desconfiança, preocupado em descobrir se teria visto uma jovem senhora parecida com ela num quadro, folhinha ou livro.

Estacou. Aqueles jardins intermináveis, a sua incapacidade de falar a linguagem dos convivas, um convidado cuja ausência retardava a realização da festa. A beleza de Astérope. Agarrou-a pelos ombros, obrigando-a a encará-lo. Seria o brilho dos olhos?

Teve medo.

Retrocedeu apressadamente, fazendo o mesmo percurso de horas atrás, atropelando pessoas, empurrando-as. Todos desejavam segurá-lo, porém ele se desvencilhava dos obsequiosos cavalheiros e damas amáveis.

No final do corredor, o porteiro quis retê-lo e foi afastado com uma cotovelada.

Sentiu-se aliviado ao deixar para trás a atmosfera opressiva da recepção. Dentro de meia hora estaria no seu apartamento a contar os dias restantes das férias de Débora, mulher saudável, farta de carnes.

Quase nada enxergava porque neblinava forte. Cauteloso no pisar, dirigiu-se a um automóvel estacionado nas imediações, por sorte o de Faetonte.

Entrou rápido nele:

— Depressa, ao hotel.

— Lamento, pediram-me que aguardasse o convidado. Depois dele levarei os membros da Comissão, cabendo ao senhor a última viagem, entendido?

— Seu hipócrita! Você e essa corja de simuladores sabem que o convidado não virá nunca!

O chofer ignorou o desabafo do passageiro, retrucando delicadamente:

— Tenha paciência, estamos próximos ao acontecimento.

Alferes desceu do carro resmungando, disposto a enfrentar a cerração. Pelos seus cálculos, bastaria caminhar um quilômetro para chegar à parte mais habitada do bairro, onde encontraria condução fácil. Mal andara cem metros, as dificuldades começaram a surgir. Tropeçou no meio-fio, indo chocar-se contra um muro. Seguiu encostado a este durante curto espaço de tempo e logo as mãos feriram-se numa cerca de arame farpado. Afastando-se dela, teve a impressão de que se embrenhara num matagal. Daí por diante, perdeu-se. Ia da direita para a esquerda, avançava, retrocedia, arranhando-se nos arbustos.

Perdera o chapéu de plumas, a roupa rasgara-se em vários lugares, romperam-se as sapatilhas no calçamento irregular dos diversos sítios pelos quais passara.

Os pés sangravam. Aflito, buscando na escuridão luz de casa ou de rua que o orientasse, desequilibrou-se e rolou por um declive. Ao levantar-se, avistou bem próximo, frouxamente iluminado, o edifício que há pouco deixara.

O porteiro recebeu-o com a cordialidade cansativa dos que naquela noite tudo fizeram para integrá-lo num mundo desprovido de sentido. Alheio aos cumprimentos e mesuras, encaminhou-se direto a Faetonte, a quem procurou comover, mostrando-lhe o estado da roupa, o sangue coagulado nas feridas. Lacrimoso e subserviente, adulava o motorista, a ressaltar nele qualidades, virtudes inexistentes:

— Sei da sua bondade e o favor é pequeno, basta deixar-me no ponto do ônibus. Você volta rápido, a tempo de atender a seus compromissos.

Vendo que suas palavras não alcançavam o objetivo, partiu para o suborno. Ofereceu-lhe elevada soma em dinheiro. Faetonte recusou: permaneceria no local, aguardando as determinações da Comissão.

Corriam as horas, a neblina caindo, José Alferes renovava a espaços o oferecimento de gratificar generosamente o motorista pela corrida. A cada recusa, ele ia à porta de entrada, espiava para dentro do corredor, na ilusão de que aparecessem outras pessoas também cansadas de esperar inutilmente o início da festa e o guiassem até o centro da cidade.

Curvado, no seu desconsolo, já aceitava a idéia de retornar ao parque, quando lhe tocaram no braço. Assustou-se: era Astérope. Ela fingiu não perceber o temor estampado no rosto dele e arrastou-o consigo:

— Sei o caminho.

Saberia? — Dos olhos de Alferes emergiu avassaladora dúvida. Mas deixou-se levar.

BOTÃO-DE-ROSA

Aroma de mirra, de aloés e cássia exala de tuas vestes, desde as casas de marfim.

(Salmos, XLIV, 9)

Quando, numa segunda-feira de março, as mulheres da cidade amanheceram grávidas, Botão-de-Rosa sentiu que era um homem liquidado. Entretanto não se preocupou, absorto em pentear os longos cabelos.

Concluído o penteado, passou a alisar a barba com uma escova especial umedecida em perfume. Nesse instante ouviu gritos vindos da rua. Não distinguia bem o que gritavam, mas de uma coisa estava certo: vinham pegá-lo. — Deu de ombros e buscou uma fita colorida para prender a cabeleira.

Antes de despir a camisola de seda, escolheu para o dia o seu melhor traje: uma túnica branca, bordada a ouro, e calças de um tecido azul com tachas prateadas, presente dos companheiros do conjunto de guitarras — Molinete, Zelote, Judô, Pedro Taguatinga, Simonete, Bacamarte, André-Tripa-Miúda, Ion, Mataqueus, Pisca, Filipeto e Bartô — com os quais acertara novo encontro no Festival. Até lá Taquira teria o filho. (Fora obrigado a separar-se da companheira porque os pais recusaram a recebê-lo em casa, alegando que não eram casados. Teve, à época, vaga premonição de que jamais se reencontrariam.)

Separou as meias, o cinturão de fivela dourada e procurou

uma sandália que combinasse com o vestuário. Sua escolha recaiu numa de solas grossas, apropriadas ao péssimo calçamento da cidade.

O clamor crescia lá fora, aumentava-lhe a impaciência: não podiam esperar que acabasse de se aprontar? Ou temiam pela sua fuga? Malta de ignorantes, como poderia fugir? Antes que apelassem para a força, procurou acalmá-los, mostrando-se na varanda.

A turba emudeceu à sua presença. Fez-se um silêncio hostil, os olhos enfurecidos cravados na sua figura tranqüila. Um moleque atirou-lhe uma pedra certeira na testa e a multidão de novo se assanhou: Cabeludo! Estuprador! Piolhento!

Quando compreenderiam? — Retrocedeu até a sala. Não por covardia, apenas para estancar o sangue que começava a descer pela face e certamente lhe mancharia a roupa.

Medicava-se ainda e ouviu baterem na porta. Era o sargento, comandante do destacamento, acompanhado de seis soldados e um mandado de prisão. Nem leu o papel. Alçando a mão, num apelo mudo, para que o esperassem, voltou ao quarto. Após jogar suas coisas na maleta, colocar nos dedos os anéis e no pescoço os colares, seguiu os policiais.

A autoridade deles devia ser grande, pois cessaram as vaias, ouvindo-se somente o rosnar de alguns populares. Das sacadas, em todo o percurso, mulheres com os rostos protegidos por máscaras, que ocultavam as deformações da gravidez, observavam ansiosas o cortejo. As únicas janelas fechadas pertenciam à residência dos pais de Taquira.

O delegado, um tenente reformado, recebeu-o com afetada cortesia, indiferente à hostilidade geral contra o prisioneiro:

— O senhor é acusado de estupro e de ter engravidado as... — Interrompeu a frase para atender ao telefone:

— Pronto. Às ordens, meritíssimo. Estou atento. Novas diligências? Quantas quiser. Encontraram drogas? Mudarei o rumo dos interrogatórios.

O telefonema perturbara-o. Menos empertigado e sem afetação, voltou-se para o detido:

— Houve um equívoco: você está preso sob suspeita de traficar heroína. — Fez uma pequena pausa e, embaraçado, prosseguiu:

— Pode depor sem constrangimento. O seu defensor, doutor José Inácio — apontava para um rapaz que acabara de entrar na sala —, testemunhará a nossa isenção. Queremos a verdade.

A verdade. O que significaria? Tempos atrás lhe fizeram igual pergunta e nada respondera. Também agora, e nos dias subseqüentes, permaneceria calado.

Alheio às perguntas capciosas, Botão só se preocupava com a aflição do seu patrono, talvez a única pessoa a desconhecer que fora designado exclusivamente para dar aparência de legalidade ao processo.

O mutismo do indiciado não irritou o militar. Parecia até agradá-lo. Mandou que o recolhessem ao cárcere. (Antes de acareá-lo com as testemunhas, procederia a outras investigações, visando esclarecer certos pontos obscuros da denúncia.)

O advogado, que permanecera na sala, indagou:

— Por que acusam o meu cliente de traficante de drogas, se antes o incriminavam de estuprador e cúmplice de centenas de adultérios?

— Que ingenuidade, amigo. Você está há pouco tempo entre nós e ignora que aqui só prevalece a vontade do Juiz, proprietário da maior parte das casas da cidade, inclusive dos prédios públicos, da companhia telefônica, do cinema, das duas farmácias, de cinco fazendas de gado, do matadouro e da empresa funerária. Se decidiu que esse palhaço cometeu outro delito, não nos cabe discutir e sim preparar as provas necessárias à sua condenação.

— Penso que o seu dever é agir com imparcialidade, conforme declarou anteriormente, e impedir o arbítrio dos poderosos.

Nesse instante, em frente à Delegacia, a população começou a vociferar: Lincha! Mata! Enforca!

O oficial parecia se divertir com a situação:

— O seu constituinte não tem muitas chances de sobreviver. Alguém cuidará dele. A Justiça ou o povo.

José Inácio saiu preocupado com a sorte do prisioneiro. Além de ter contra si a animosidade de todos, nem ao menos se declarava inocente.

Sua preocupação se transformou em medo ao ver-se encarado pelos homens que se postavam na rua. Olhavam-no carrancudos e silenciosos.

No hotel a recepção não foi melhor. O hoteleiro e os hóspedes, que antes o tratavam com acentuada simpatia, passaram a evitá-lo.

A mudança de tratamento o magoava: se não procurara nem fora chamado pelo acusado na qualidade de advogado, e se acompanhava o processo como defensor dativo de um maníaco sexual, que posteriormente seria transformado em traficante de drogas, por que colocá-lo em situação idêntica à do réu?!

* * *

Durante a semana tentaram, sem êxito, arrancar uma confissão de Botão-de-Rosa. Mudo e impassível, ouvia desatento o que lhe perguntavam repetidamente:

— Quer falar agora? Quem lhe fornecia os entorpecentes?

O interrogatório não se estendia muito e logo mandavam-no de volta à cela.

Ao chegar a vez das testemunhas, estas asseguraram que, no momento da prisão, o indiciado carregava heroína consigo.

A polícia deu-se por satisfeita com os depoimentos e considerou-os suficientes para caracterizar o delito.

Preenchidas as últimas formalidades, os autos foram remetidos à Justiça.

Se para o advogado o inquérito policial transbordava de irregularidades, algumas gritantes, como a ausência do auto de prisão em flagrante, maior escândalo lhe causaria o transcurso da instrução criminal, inteiramente fora das normas processuais.

Verificando que seu cliente seria julgado pelo Tribunal do júri, procurou o promotor e lhe disse que iria argüir incompetência de juízo se o réu não fosse enquadrado no ritual da lei que tratava de entorpecentes.

— O senhor está pilheriando ou é um incompetente. Em que se baseia para usar tão esdrúxulo recurso?

Surpreso com a resposta intempestiva, pediu licença para consultar o Código de Processo Penal, que retirou de uma estante ao lado.

À medida que avançava na leitura, mais chocado ficava, pensando ter em suas mãos uma edição falsificada, ou então nada aprendera nos cursos da Faculdade.

Numa pequena livraria comprou um exemplar da Constituição e todos os códigos, porque talvez tivesse que reformular seu aprendizado jurídico.

Leu até de madrugada. A cada página lida, se abismava com a preocupação do legislador em cercear a defesa dos transgressores das leis penais. Principalmente no capítulo dos entorpecentes, onde não se permitia apresentar determinados recursos, requerer desaforamento. A violação de seus artigos era considerada crime gravíssimo contra a sociedade e punível por tribunal popular. As penas variavam entre dez anos de reclusão, prisão perpétua ou morte.

José Inácio ficou boquiaberto: pena de morte! Ela fora abolida cem anos atrás! Ou teria estudado em outros livros?

Em compensação, ocorrendo a pena capital, admitia-se apelar para instância superior.

Desorientado, abandonou os compêndios.

Passou os dias seguintes a remoer o assunto, enquanto na porta do hotel um número crescente de indivíduos mal-encarados aguardava sua saída, para segui-lo impiedosamente pelas ruas da cidade. Também recebia constantes ameaças pelo telefone e cartas anônimas.

Aos poucos, se acovardava, perdia a esperança de conseguir absolver seu constituinte.

Na véspera do julgamento, atemorizado, resolveu abandonar a cidade.

Tomara as providências para a viagem e só faltava pagar as contas, quando apareceu o delegado:

— Não vai me dizer que pretende escapar ao júri de amanhã? Sua fuga seria uma desconsideração ao Juiz. Aliás, trago um recado dele. Pediu-me para lhe dizer que não gostou de sua displicência na instrução criminal. Espera, daqui para frente, o exato cumprimento de suas obrigações como defensor do réu. — E, dando fim à sua missão, ordenou ao rapaz que guardava as malas do hóspede:

— Leva tudo de volta para cima.

A escolta de Botão-de-Rosa encontrou forte resistência para entrar no Fórum. Uma pequena e exaltada multidão, que impedia a passagem, investiu sobre o prisioneiro a bofetadas e pontapés.

Os militares presenciaram, complacentes, o espancamento e só tomaram a decisão de intervir quando viram a vítima sangrar. Violentos, a golpes de sabres, afastaram da porta os desordeiros.

Dentro do edifício deram-se conta de que não podiam introduzir no recinto do tribunal o prisioneiro, tal o estado de suas roupas, rasgadas de cima a baixo.

Alguém, que assistira à agressão da janela de uma casa nas vizinhanças, mandou-lhes uma capa feminina para cobrir a nudez de Botão.

Sentado no banco dos réus, entre dois soldados, Botão-de-Rosa mal conseguia mover as pálpebras, as pernas começavam a inchar. Levantou-se, arquejante, a uma ordem do Juiz, que deu início ao interrogatório de praxe. Nada respondeu e nem poderia fazê-lo caso desejasse. Os lábios estavam intumescidos, os dentes abalados doíam ao contato com a língua.

— Inocente ou culpado? — Foi a última pergunta que lhe fizeram e a repetiu para si mesmo, deixando transparecer alguma turbação no rosto.

O magistrado encerrou a inquirição com uma advertência:

— Embora não esteja obrigado a nos responder, o seu silêncio poderá ser interpretado em prejuízo da própria defesa.

O promotor falava havia mais de duas horas. Repisava argumentos, insistia em detalhes insignificantes. Ao notar que ninguém lhe prestava atenção, tratou de terminar o enfadonho discurso com a leitura de uma carta sem assinatura, na qual denunciavam o acusado de traficante de heroína e maconha.

— Uma carta anônima! E essa maconha, não mencionada anteriormente? É um acinte ao tribunal apresentar uma prova desse tipo — aparteou o defensor.

— Ela merece fé. Posso exibir o laudo da perícia, constante de minucioso estudo grafológico, que afirma ser de Judô, um dos componentes do conjunto musical do indiciado, a autoria da denúncia.

— Pobre companheiro — murmurou Botão —, deve ter-se vendido por algumas doses de entorpecentes. Não conseguia viver sem a droga. Por que culpá-lo agora? Uma testemunha a menos não o absolveria. — Voltou-se para trás: a formação do grupo com músicos inexperientes, pouco dinheiro, idéia de malucos. As cidades do caminho, aplausos e vaias, a orquestra crescendo. O aparecimento de Taquira. — Esquecera o corpo maltratado e obrigaram-no a retornar à realidade:

— Senhores jurados, a acusação do Ministério Público, além de inepta, é tendenciosa. O réu não cometeu o delito que lhe atribuem. Poderia, no máximo, ser processado como cúmplice de numerosos adultérios, mas isso não seria conveniente para a cidade, pois a transformaria num imenso antro de cornos. — Era o advogado de defesa que discursava e pretendia com a última frase desmascarar os que aplicavam a justiça no lugar. Surpreendeu-o, entretanto, a repulsa instantânea da assistência e jurados, que avançaram, enraivecidos, em sua direção.

O Juiz fez soar repetidamente a campainha, ameaçando evacuar o recinto. Por fim, com a colaboração dos soldados, conseguiu que todos voltassem a seus lugares.

José Inácio encolhera-se num canto e, convocado a retornar à tribuna, obedeceu amedrontado, disposto a abreviar suas considerações. Falava com cautela, pesando as palavras, algumas ambíguas, as idéias desconcatenadas e a negar crimes que a própria acusação não atribuía ao incriminado.

Havia total descompasso entre o que afirmava e os apartes do promotor:

— Como poderia engravidar meninas de oito e matronas de oitenta anos?

— Protesto! O delito em pauta se refere unicamente a estupefacientes!

— Os casos de gravidez em massa, ocorridos nesta localidade, não podem ser atribuídos ao denunciado.

— Antes da vinda desse marginal nosso povo tinha hábitos saudáveis, desconhecia os vícios das grandes metrópoles.

O Presidente do Tribunal leu a sentença que condenava Botão-de-Rosa à pena de morte, a ser cumprida no dia seguinte, e exortou a todos que respeitassem a integridade física do condenado, deixando ao verdugo a tarefa de eliminá-lo.

A recomendação final do magistrado alarmou o defensor: e a sua segurança, quem a garantiria?

O delegado percebeu, de longe, o temor que o afligia e veio a seu encontro:

— Não precisa ter medo. Basta ser compreensivo. O sentenciado só escapará da forca se houver apelação, pois a Suprema Corte tem por norma transformar as penas máximas em prisão perpétua. Se você não recorrer, lhe garantiremos uma rendosa banca de advocacia. A promessa é do Juiz.

José Inácio reviu, mentalmente, as diversas fases do processo, o cerceamento da defesa do réu, permitido por uma legislação absurda. Sentiu-se na obrigação de apelar e impedir que cometessem terrível iniqüidade. Não havia outra opção, contudo vacilava. O duro espancamento de seu constituinte deveria ser tomado como um aviso do que lhe poderia acontecer, caso apelasse. E por que trocar as possibilidades de sucesso na sua carreira profissional pela vida de um pobre-diabo que se negava a defender-se e nem se importava com sua própria condenação?

Desistiu do recurso.

Além da cama, Botão pouco encontrou na cela. Tinham levado as roupas, os objetos de uso pessoal, inclusive o dentifrício e a escova de dentes.

Deitou-se nu e aguardou a noite.

Às seis da manhã vieram buscá-lo, porém teve dificuldade em levantar-se. Os membros, ressentidos da surra da véspera, não lhe obedeciam. Para erguer-se, foi necessária a ajuda do carcereiro.

Os soldados, à sua espera numa das salas da delegacia,

conduziram-no ao local da execução. Caminhada áspera, na qual se empenhou em seguir firme, os ombros erguidos.

Do alto do patíbulo, na praça vazia, pela primeira vez lhe pesava a solidão. E os companheiros? E Taquira?

Abaixou a cabeça: esquecerão, sempre esquecemos.

Jogou longe a capa e, desnudo, ofereceu o pescoço ao carrasco.

OS COMENSAIS

E naqueles dias os homens buscarão a morte e não a acharão; desejarão morrer e a morte fugirá deles.

(Apocalipse, IX, 6)

Desde o primeiro contato Jadon admitiu a precariedade das suas relações com os companheiros de refeitório. E a atitude de permanente alheamento que assumiam na sua presença, ele a recebeu como possível advertência. Sem manifestar irritação ante o isolamento a que o constrangiam, conjeturava se eles não acabariam por se tornar mais expansivos.

Era-lhe penoso, entretanto, encontrá-los sempre na mesma posição, a aparentar indiferença pela comida que lhes serviam e por tudo que se passava ao redor. Enquanto Jadon almoçava, permaneciam quietos, os braços caídos, os olhos baixos. Ao jantar, lá estavam nos mesmos lugares, diante das compridas mesas espalhadas pelo salão. Assentavam-se em grupos de vinte, deixando livres as cabeceiras. Menos uma, justamente a da mesa central, onde ficava um velho alto e pálido. Este, a exemplo dos demais, nada comia, mantendo-se numa postura de rígida abstração, como a exigir que respeitassem o seu recolhimento. Malgrado a sua recusa em se alimentar, silenciosos criados substituíam continuamente os pratos ainda cheios.

A princípio Jadon espreitava-os discretamente, na esperança de surpreendê-los trocando olhares ou segredos entre si. Logo verificou a inutilidade do seu propósito: jamais desviavam os olhos da toalha e prosseguiam com os lábios cerrados. Experimentou o recurso de dirigir-se bruscamente aos vizinhos e desapontou-se por não conseguir despertar-lhes a atenção. Mantinham-se impassíveis, mesmo quando as frases eram ásperas ou acompanhadas de gritos.

Após essa experiência, seguiu-se um período em que Jadon desistiu de penetrar na intimidade daqueles cavalheiros taciturnos que, apesar de manifestarem evidente desinteresse pelos alimentos, apresentavam-se saudáveis e tranqüilos. Essa observação seria o suficiente para convencê-lo de que os comensais evitavam comer somente durante a sua permanência no recinto. Por certo aguardavam a sua saída para se atirarem avidamente às especialidades da casa. Nesse momento talvez se estendessem em alegres diálogos, aos quais não faltariam desprimorosas alusões à sua pessoa, cuja presença deveria ser bastante desagradável para todos.

Que se danassem, resmungava, esforçando-se por ignorar o procedimento descortês dos que ali tomavam refeições. E concentrava-se em saborear a excelente comida que lhe era servida e sempre renovada sem que isso envolvesse qualquer sugestão ou pedido seu. Nos primeiros tempos achava engraçado acompanhar os movimentos dos garçons que, mesmo vendo-o de pé, pronto a retirar-se, vinham com novas travessas para substituir as que estavam na sua frente.

Contudo desagradava-lhe o silêncio reinante, o segregamento que lhe impunham. Ultrapassado o limite suportável do aborrecimento, desinibia-se nos vizinhos mais próximos, dando-lhes pontapés por debaixo da mesa, à espera de que reagissem ou retrucassem com um palavrão. Em nenhuma oportunidade percebeu neles o menor sinal de constrangimento.

Era também por sadismo que se entretinha às vezes em mortificá-los, calculando o esforço que despenderiam para ignorar a sua impertinência. Numa das ocasiões em que se divertia atirando bolotas de pão no rosto deles, sentiu-se encabulado por ter atingido um senhor idoso que até a véspera não participava do grupo. Mesmo considerando a falta de intimidade com os presentes, reconhecia ter sido tacitamente aceito como companheiro e assim deveria evitar brincadeiras com desconhecidos. Desviou contrariado o olhar para o fundo do salão, onde algo de anormal o surpreendeu: em sítios diversos, encontravam-se pessoas cujas fisionomias lhe eram inteiramente estranhas. A descoberta deixou-o intrigado. Desde que passara a freqüentar aquele local, as mesas tinham todos os assentos tomados por antigos fregueses que nunca se ausentavam dos lugares habituais nem os permutavam entre si. Esquadrinhou os semblantes, examinando com atenção se alguém desaparecera para abrir vagas aos novatos e não constatou qualquer ausência. Contava e recontava os ocupantes das mesas, sem deparar mais de vinte em cada, à exceção, naturalmente, daquela em que se postava o pobre velho.

Por outro lado, a área do refeitório, embora extensa, não comportava acréscimos de localidades que permitissem acolher novos freqüentadores. E estes, para tornar mais confusa a situação, não se apresentavam juntos, mas entremeados aos veteranos. Havia ainda um detalhe perturbador: jamais ocupavam o seu lugar, mesmo que chegasse com grande atraso.

Daí por diante, Jadon permaneceria bem atento ao que se passava nas imediações e freqüentemente surpreendia-se dando com os olhos em indivíduos que dias atrás não partilhavam da mesma mesa. À medida que aumentava sua perplexidade, e não conseguia explicar como faziam os recém-chegados para acomodar-se entre os demais, do seu íntimo emergia a desconfiança de que tudo aquilo poderia ser propositado — um recurso sombrio de intrigá-lo, quebrar-lhe a resistência pelo mistério, e afastá-lo definitivamente daquele local.

Se essa era a intenção real deles — dizia consigo mesmo —, estavam enganados. Apreciava muito o vinho e a comida da casa para pensar em trocá-la por outro restaurante.

Também não se esquivaria à provocação. Iria até a mais franca hostilidade, pois a sua permanência ali dependia de uma ação firme, que obrigasse o adversário a recuar em seus escusos desígnios. Na ocupação das mesas havia uma fraude a ser desmoralizada e nessa tarefa se concentrou.

No dia imediato, animado pela perspectiva de acionar o esquema traçado, chegou bem cedo ao refeitório. Desapontou-se logo à entrada: encontravam-se todos em seus respectivos lugares.

O desapontamento não desencorajou Jadon, que, nas manhãs seguintes, foi encurtando gradativamente o horário de chegada. E por mais que o encurtasse, seria sempre o último a tomar assento entre eles.

Durante algum tempo insistiria na decisão de desvendar, a todo custo, a maneira pela qual se processava o aumento progressivo de comensais sem que se multiplicasse o número de cadeiras. No final, cansou-se. Além de lhe desagradar o almoço em horas tão matinais, convencera-se da necessidade de mudar a estratégia. Já que não lhe permitiam ser o primeiro a chegar, decidiu obrigá-los a sair antes dele ou se submeterem ao seu capricho de vê-los ao menos uma vez jantar na sua frente.

Evitando incorrer novamente na leviandade de subestimar a teimosia dos circunstantes, preparou-se para executar programas ociosos. Com a ajuda de jornais, revistas e livros emendava as duas refeições. Se com o passar das horas lhe vinha o cansaço ou o tédio pela leitura, levantava-se, passeava pela sala ou ia até a rua, voltando logo.

No curso da noite, mal contendo o sono, aguardava em vão que os parceiros tomassem a iniciativa de se alimentar. Quando entrevia neles a determinação de permanecerem nos seus postos, indiferentes à comida, dava-se por vencido e se dispunha a regressar a casa. Da soleira da porta, voltava a cabeça para trás e estremecia de ódio ante uma cena terrivelmente familiar: os criados, indo e vindo como autômatos; os comensais, de ombros curvados, a esconderem o olhar.

Não tardou a compenetrar-se de que cometera outro erro de previsão. Nem por isso mostrava-se convencido da esterilidade da luta que enfrentava. É que ainda o amparava um vacilante otimismo. Somente ao verificar que não mais experimentava prazer em degustar as bebidas e saborear a comida, constatou que tinha pela frente uma única alternativa: a violência. A ela recorreu.

Nos dias subseqüentes, a fisionomia endurecida, passadas largas, irrompia pelo salão. No caminho, distribuía insultos e murros. E mesmo sem arrancar um gesto de reação ou repulsa das pessoas agredidas, os excessos refrescavam-lhe a mente.

Das arbitrariedades também se cansou. Esgotara os recursos disponíveis para romper a opressiva indiferença dos comensais, e falhara. Só lhe restava agora buscar um restaurante no extremo oposto da cidade.

Foi uma resolução demorada e sofrida: naquele almoço faria a sua despedida. E a desejava com todos os requintes do seu ritual de agressão.

Desde a entrada veio agredindo e destratando um por um os presentes.

Cumpria com calculada lentidão a tarefa, escolhendo bem o alvo, pronunciando com sádica clareza as sílabas dos palavrões. De súbito imobilizou-se, abaixando o punho prestes a desferir violento golpe.

Diante dele estava uma jovem que possivelmente não ultrapassara os dezesseis anos. O olhar fixo no semblante delicado da adolescente, percebeu que um sentimento antigo lhe retornava.

Percorria com os olhos o corpo de linhas perfeitas, os cabelos castanhos, entremeados de fios dourados, compondo-se em longas tranças. Quase nada mudara nela. Apenas o rosto lhe parecia mais pálido, talvez faltasse o sorriso que trinta anos atrás era constante nos seus lábios.

— Hebe, Hebe, minha flor! Que alegria! — gritou, as palavras tensas, numa voz repentinamente enrouquecida.

Quis falar da sua emoção e conteve-se, chocado com a insensibilidade dela ante a carinhosa acolhida que ele lhe proporcionava. Pálpebras cerradas, os braços pendentes, Hebe parecia refugiar-se na mesma solidão dos outros.

Constrangido, a buscar uma saída para o seu embaraço, Jadon teve a suficiente isenção de relevar o procedimento da sua primeira namorada. A distância, o largo intervalo entre o último encontro e agora. O silêncio, ele que prometera escrever longas cartas.

Encaminhou-se vagarosamente para o seu lugar. Um aroma distante, vindo de um passeio matinal, o envolvia. Mantinha os olhos presos à figura grácil de Hebe e a contemplava com igual encantamento de três decênios passados. A mesma beleza acanhada de moça do interior, o mesmo vestido de bolinhas azuis.

Jadon era moço, se bem que mais velho do que ela. Naquele dia se despediam. Ele se transferia, com os pais, para uma cidade maior e Hebe acompanhava-o até a pequenina estação, distante um quilômetro. O rapaz carregava uma mala de papelão fingindo couro e os dois caminhavam preguiçosamente porque havia tempo.

Caminho afora, naquela manhã friorenta de junho, o orvalho a molhar o capim, enquanto um tímido sol aumentava o brilho das gotículas depositadas nas folhas do arvoredo, eles sentiam o universo parar ao contato do amor.

A espaços, detinham-se, Jadon depositava a mala no chão, beijavam-se.

Outras vezes ela corria ao redor do namorado ou se afastava, para de longe jogar-lhe beijos com a ponta dos dedos. Brincalhona, a alegria e a tristeza se revezando nos seus olhos, não poderia suspeitar que aquele encontro seria o último.

Ele prometera voltar, mas em breve esqueceria a promessa, rendido ao alumbramento da grande cidade, a fêmeas mais adestradas para o amor.

O lugar de Hebe no salão ficava distante e Jadon não conseguia divisar-lhe o rosto, sempre escondido pela cabeça de algum comensal. Por sua vez ela se despreocupava em ser vista, forçando-o a levantar-se freqüentemente.

Logo verificou que pouco lhe adiantaria ficar de pé ou assentado. Qual fosse a sua posição, o desinteresse da moça não se alterava. Ressentido, preferiu acreditar que exagerava as proporções daquele namoro esquecido no tempo e que tolamente tentara reatar. O mais sensato era afastar-se definitivamente dali, conforme sua decisão anterior.

Seguia em direção à porta de saída, quando fez menção de parar defronte da jovem e dizer-lhe algo. Refreou a tempo o impulso, estugando o passo.

Bem antes de chegar em casa já se arrependera e esgotou o resto da tarde entre aceitar e repelir o desejo de retornar ao refeitório. Ao vencer, por fim, as suas próprias contradições, abeirava-se a noite.

Nas mãos levava rosas e foi direto à mesa de Hebe. As primeiras frases lhe escaparam tímidas, balbuciadas, até que mais seguro de si reencontrou o pequeno discurso decorado. Em breve julgaria improvisar, porém as palavras se nutriam de velhas ressonâncias. Quando notou que as flores jaziam intocadas sobre a toalha, perturbou-se e o desapontamento espalhou-se pela sua face. A custo prendeu um soluço, prenúncio de um desespero prestes a desencadear-se. Com apaixonada violência tentou ainda subtrair Hebe à sua dolorosa clausura, mas aos poucos a sua voz perdia a segurança, o calor. Levou a mão à boca, sem conseguir evitar o pranto, um pranto manso. Faltando-lhe ânimo para somar o que lhe restava de amor-próprio, voltou-se humilde para trás, à espera de uníssona gargalhada de uma platéia que devia estar atenta a seu ridículo procedimento. Apenas o ar pesado, o silêncio.

Foi para seu lugar e não tocou na comida. Pôs-se a beber descontroladamente e no álcool diluiu a humilhação. Vagava em triste euforia, retornava ao rapaz sentimental que tinha sido. Por entre pensamentos soltos e imagens da infância, recuou até o velho casarão colonial da fazenda de seus pais. O rio, as lavadeiras — o mistério da puberdade sendo decifrado —, o trem de ferro a acender a imaginação dele e dos companheiros, levando-os a lugares distantes. As reminiscências se dispersavam em retalhos e nem sempre traziam o retrato de Hebe. Porém nos melhores lá estavam as suas tranças, os olhos ligeiramente estrábicos.

Bebera demasiado. E encorajado pela embriaguez tentou levantar-se para colher Hebe nos braços, arrancar-lhe o perdão. O corpo recusou-se a obedecer-lhe. Caiu pesadamente na cadeira e, debruçado sobre a mesa, veio-lhe um sono entorpecedor.

Acordou madrugada alta, ignorando o tempo que dormira. Mal desperto, seus olhos se chocaram com um espetáculo que antes não lhe parecera tão repugnante: diante dele encontravam-se os comensais na mesma posição em que os deixara ao adormecer, enquanto os garçons, maquinalmente, trocavam os pratos, como se o jantar tivesse iniciado há pouco. Um pressentimento terrível perpassou-lhe pela mente e num lampejo de súbita lucidez compreendeu que todos moravam no refeitório. Por isso jamais conseguira chegar antes ou sair depois deles. Essa tardia revelação estarreceu-o. Sabia que tinha pela frente a última oportunidade de escapar dali. Levantou-se de um salto e ao passar por Hebe tentou levá-la consigo:

— Vamos, Hebe, vamos — gritava, puxando-a pelos braços que não ofereciam resistência, transformados em uma coisa gelatinosa. O corpo grudara-se no assento. Não esmorecia, apesar de sentir-se incapaz de removê-la. No momento em que mais se empenhava em arrastá-la, um gesto brusco seu lançou para trás a cabeça de Hebe e as suas pálpebras, movendo-se como se pertencessem a uma boneca de massa, descerraram-se. Largou-a, aterrorizado. Teve ímpeto de correr e controlou-se. Foi-se afastando de costas, os olhos siderados, em direção ao corredor. No meio do caminho, ocorreu-lhe que precisava liquidar seu débito com a casa.

— Diabo! Onde seria a gerência? — perguntou a si mesmo, achando estranho não ter-se preocupado até aquele dia em saber da sua localização. — Se nunca lhe tinham cobrado, por que não tomara a iniciativa de pagar as despesas?

A pressa levou-o a afastar essa e outras indagações. Tratou de enfiar-se por uma dependência, na qual jamais entrara, calculando que ali acharia o gerente ou a pessoa encarregada das cobranças. Deparou com um cômodo sem janelas, as luzes acesas, vazio. Proferiu uma palavra obscena, decidindo-se por enviar um cheque pelo correio, mesmo desconhecendo o montante da dívida.

Rapidamente ganhou o corredor, rumo à porta principal. Verificou, com certa surpresa, que, no lugar onde ela deveria estar, uma parede lisa vedava-lhe a passagem. Retrocedeu célere, julgando que possivelmente se desorientara. Também não a encontrou no lado oposto. Retornou várias vezes ao ponto de partida e tinha a impressão de que não saíra do lugar. Indo e vindo, gastou excessiva energia antes de lembrar-se do refeitório. Lá encontraria uma saída para os fundos do prédio. Agora era o salão que ele não achava. Ia crescendo a sua inquietação e, sentindo-se encurralado, buscava uma janela, uma abertura qualquer que o levasse à rua. Nada, nada além do corredor. Nem reparou que a iluminação decaíra e poucas lâmpadas estavam acesas. O suor escorria-lhe pela testa, mas Jadon perseverava na sua inútil tentativa de fugir daquele recinto.

Apenas parou — e por alguns minutos — ao sentir falta de ar. Afrouxou o colarinho, jogou fora a gravata, levando as mãos ao coração, a bater descompassado. Temia uma síncope — tinha o coração frágil. Contudo voltou a correr, detendo-se somente para esmurrar as paredes. Ofegante, a tremer, apelava por um socorro que sabia impossível. Olhava para cima, para os lados, a língua seca, o fio de esperança nos olhos acovardados. — Devia haver uma saída, por que não haveria?

Pela última vez atravessava o longo corredor. Sentia-se fraco, uma necessidade premente de uma bebida forte, da presença da mãe. A lembrança dela fê-lo rezar, sem que conseguisse chegar ao fim das orações, saltando do princípio de uma para o final de outra.

Apoiou-se numa das paredes. O corpo escorregou por ela abaixo e perdeu os sentidos. Mais tarde o coração retomaria o ritmo normal, enquanto Jadon se levantava, a mente desanuviada, alheio à pressa e sem explicação por que estivera sentado no chão.

Diante do espelho da saleta tentou ainda lembrar-se de algo momentaneamente esquecido. Desistiu e contemplou, com vaidade, o belo rosto nele refletido. Alisava os cabelos, sorrindo para os vinte anos que a sua face mostrava. Ao lembrar-se que poderia estar atrasado para o almoço, apressou-se. Já na sala de jantar, caminhou até a grande mesa de refeições, assentando-se descuidadamente numa das cadeiras. Os braços descaíram e os olhos, embaçados, perderam-se no vazio. Estava só na sala imensa.

POSFÁCIO

Uma poética da morbidez

Vilma Arêas
Fábio Dobashi Furuzato

1.

Os contos de Murilo Rubião desorientam e ao mesmo tempo seduzem. Fisgam o leitor pelo vigor narrativo, mas também provocam o desconforto da incompletude. Isso em parte é um efeito buscado pelo escritor que deixa buracos no texto para que o leitor, segundo suas próprias palavras, "descubra e amplie" seu conteúdo. Foi provavelmente inspirado por essa dificuldade que Mário de Andrade, tendo gostado "francamente muito" da ficção do amigo, indagou-se se teria "gostado certo".[1]

Sendo Murilo um discípulo confessado de Machado de Assis, a crispação de seu texto é também provocada pelos detalhes aparentemente supérfluos que acabam, como em Machado, por nos falar de uma dimensão histórica específica. Assim, também encontramos nos textos murilianos vestígios de nossas raízes:[2] a

1. *Mário e o pirotécnico aprendiz (Cartas de Mário de Andrade e Murilo Rubião)*. Apresentação de Eneida Maria de Souza; organização, introdução e notas de Marcos Antonio de Moraes. Minas Gerais/São Paulo, Editora da UFMG/IEB-USP e Ed. Giordano, 1995, p.89.
2. Sobre o assunto, consultar também Hermenegildo José Bastos, *Literatura e colonialismo*. Brasília, EdUnB/Plano/Oficina Editorial, 2001.

escravidão ("Ofélia, meu cachimbo e o mar", "Memórias do contabilista Pedro Inácio"), o racismo ("A Casa do Girassol Vermelho", "A fila") e o autoritarismo em todos os níveis, refletindo-se na família, centro da existência social brasileira ("Bárbara", "Petúnia", entre outros). Além disso, o contista ilumina de um certo ângulo a crise dos intelectuais dos anos 30. O momento era sentido como de transição, com a decadência ou a desestabilização das regiões interioranas ("A noiva da casa azul", "A cidade"). Desse modo era sublinhado o contraste entre o interior do país e a cidade, com seus personagens fracassados, a fragmentação e a falta de saída, como vemos em Ciro dos Anjos, Graciliano Ramos e também em Carlos Drummond de Andrade.

Um dos primeiros contos de Murilo, "O ex-mágico da Taberna Minhota", traça com precisão uma data e um comentário: "1930: ano amargo". Dessa alusão ao Estado Novo, regime criado pela centralização e o controle de dispositivos institucionais, podemos extrair um dos principais temas da ficção muriliana: a burocratização, que mata a poesia e convida ao suicídio.

Mas a astúcia de Murilo é que essas e outras questões chegam até nós envolvidas por uma verdadeira *féerie*, espetáculos de mágica e truques de prestidigitação, que negaceiam o sentido do que lemos, pois distraem nossa atenção com o brilho de seus fogos de artifício, como vemos em "O pirotécnico Zacarias". Só mais tarde percebemos uma espécie de máquina de triturar no interior dos textos, despedaçando tudo o que toca, sejam relações intersubjetivas ou profissionais, identidades, sentimentos ou convenções literárias.

É esse traço duplo — violência e magia — que desestabiliza a composição, quando então vislumbramos destroços de corpos e objetos que mal se deixam examinar, transformando-se em dejetos ou em "outra coisa". No espaço da magia, tais elementos, muitas vezes *objets-trouvés* consumidos na lembrança, atravessam uma incessante substituição, se perdem ou se invadem sem cessar: um nome dentro de outro nome, um enredo dentro de outro, um morto no vivo.

Talvez possamos aproximar essa espécie de poética da morbidez e da inquietação, rara em nossa literatura, às *assemblages* de Farnese de Andrade, artista-plástico também mineiro e dez anos mais moço que Murilo. Ambos são dois solitários e obsessivos criadores de estranhezas, a partir dos detritos da cultura do mundo contemporâneo. Incessantemente trabalhados, retrabalhados e permutados, os elementos inconciliáveis de Farnese acabam por compor um estranho bricabraque, que pulsa e se ilumina de energia libidinal, como se fosse vivo.[3] Essa interpretação também pode definir Murilo. A diferença é que às situações claustrofóbicas e aos universos sombrios de Farnese, Murilo acrescenta comicidade desabusada e finíssimas ironias – dentre as quais o final de "Bárbara" é imbatível! –, retratando o tipo de modernização da sociedade brasileira em seus traços mais significativos e violentos.

Em vilarejos "agoniados", a lua pode surgir de um cadáver ("A lua"), erra-se por "ruas cheias de gente, ausentes de homens", flores viscosas brotam de ventres ou de mamilos ("A Casa do Girassol Vermelho", "Petúnia", "O lodo"), sinalizando talvez que os lugares amenos da antiga pastoral ("A flor de vidro"), aqui, suburbanos ou joco-trágicos, já se fizeram coisa do passado. A todo momento esbarramos com mortos-vivos ou

3. Cf. especialmente Tadeu Chiarelli, "Farnese de Andrade no MAM" e "Farnese de Andrade: encantamento urgente e radical", em *Revista Mensal do Museu de Arte Moderna de São Paulo*", nº 2, ano 1, dez. 1999.

artistas fracassados, um deles atropelado "na Estrada do Acaba Mundo". São seres transtornados de terror ou tédio pelas atividades automáticas e sem sentido, flutuando "entre a rotina e a quimera", como diz Drummond. "Que acontecimentos o destino reservará a um morto" — pergunta-se Zacarias — "se os vivos respiram uma vida agonizante?" Encontramos também mulheres comparadas a "porcas" ou a "ratas" ("Aglaia"), já que as primeiras namoradas ficaram para trás, como bonecas quebradas ("Os comensais"), e há homens que preferem se encerrar num hospício ou se transformar em animais a conviver em família ("O bom amigo Batista", "Alfredo").

A utopia da arte e do sentimento religioso é rasurada pelo texto invadido de detritos, vindo na seqüência de epígrafes que funcionam mais como condenação do que como profecia, segundo Jorge Schwartz.[4] A poesia é inalcançável: "Lindos e invisíveis versos!" — diz o protagonista de "Marina, a Intangível". E o blasfemo narrador de "Alfredo" afirma que "o porco se fez verbo".

Por fim, o símbolo da aliança — representado pelo arco-íris ("O ex-mágico da Taberna Minhota") — transforma-se no prosaico nome de uma farmácia em "Epidólia", ou é desfeito nas luzes coloridas da máquina que encurrala o protagonista em "O bloqueio".

Essa reconstrução do mundo abre também espaço para um lirismo que mantém sempre alguma vizinhança com a morte e com a ironia, como as estrelas que se afundam nos olhos do patético Josefino Maria Albuquerque Pereira da Silva, antes de ele "puxar o gatilho da arma suavemente" ("Mariazinha").

4. Cf. Jorge Schwartz, *Murilo Rubião: a poética do Uroboro.* São Paulo, Ática, 1981; e Audemaro Taranto Goulart, *O conto fantástico de Murilo Rubião.* Belo Horizonte, Lê, 1995.

2.

Manuel Bandeira costumava afirmar que é difícil aprender com os bons poetas, pois eles escondem as regras do jogo. A mais ligeira das observações a respeito da obra de Murilo Rubião comprova a tese, como se vê nos onze contos reunidos neste volume. Eles descrevem um arco, que vai do primeiro livro, *O ex-mágico* (1947), a *O convidado* (1974), o último publicado com narrativas inéditas em vida pelo autor. Esses textos formam dois conjuntos identificados pela marca do narrador e ajustados ao foco narrativo dos volumes a que pertencem. Por exemplo, o livro de 1947 é todo escrito na primeira pessoa, dele fazendo parte "Mariazinha", "Elisa", "A noiva da casa azul", "O homem do boné cinzento" e "O bom amigo Batista". Os seis contos restantes pertencem a *O convidado*, todo escrito na terceira pessoa.

Essa divisão poderia significar imagens menos nítidas, pela imersão do "eu" nos acontecimentos *versus* a visão ampliada pela distância do observador. Infelizmente essa pista revela-se um beco sem saída, porque, apesar dos vinte e sete anos que separam os dois grupos, as obsessivas características do autor estão presentes em todas as narrativas que escreveu. Resta-nos observar as variações operadas nesses onze textos, cujos títulos opõem seis mulheres a cinco homens, como a repousarem no próprio núcleo do conflito.

Em "O homem do boné cinzento", um forasteiro chega a um lugarejo. O que sabemos dele nos é dado sempre indiretamente pela curiosidade dos interioranos, assim como acontece com "Os dragões" e "D. José não era". Nesses três contos a impossibilidade de compreensão do outro, baseada na bisbilhotice, assume o aspecto assustador e fantasioso de alguém que cospe fogo, ou que "mata a esposa a dinamites".

Já "Mariazinha" insiste no narrador defunto, iniciado em "O pirotécnico Zacarias", acrescido da nota cômica a partir do nome pedante, Josefino Maria Albuquerque Pereira da Silva, dado a um pobre-diabo.

Mimetizando um sino que dobra, o conto descreve um movimento circular, seja no tempo – o *flashback* deixa de ser mero recurso narrativo, passando a influir literalmente nos fatos narrados –, seja nos seus outros elementos: os nomes oscilam, assim como as pupilas, a paisagem dança, uma noiva hesita entre dois irmãos, e um enforcado balança "no topo da torre da igreja", como um sino. Talvez como o suicida, o mês de maio "deu pinote, esticou-se todo". Este é um exemplo da gesticulação exagerada e cômica da narrativa, dedicada principalmente a criticar a hipocrisia moral da empoeirada cidadezinha com nome de flor (Manacá). A autoridade que ali reina é um ex-bispo tão autoritário que executa a sentença antes do julgamento. Exige a forca para os pretensos pecadores, chegando ao absurdo de proibir a melancolia. E demite o sineiro pela tristeza dos sinos (Lewis Carroll talvez passeie por Manacá).

Josefino Maria, de nome espalhafatoso, e o José gago e tímido de "O bom amigo Batista" são obtusos e ridículos. O primeiro não entende nada do que vive e acaba por se matar, enquanto o gago escolhe a morte social, recolhendo-se a um hospício, uma "poética casa de saúde". Nessa Arcádia insensata recebe o nome do infeliz poeta Alvarenga Peixoto.

Outro tímido e incompetente nas relações amorosas é o protagonista de "Elisa", que habita uma pequena casa com a irmã. Elisa é uma variante muriliana da mulher inacessível, desta vez pela inação do enamorado. "Como se obedecesse a um hábito antigo" ela empurra o portãozinho do jardim e entra na casa, mas não revela o próprio nome e sua estadia nunca é duradoura. O protagonista aceita com naturalidade a presença da estranha, mas paradoxalmente deseja se mudar quando a desconhecida começa a ser conhecida, revelando-lhe o nome. Isto é, o desencontro germina acima de qualquer probabilidade.

As perseguições e os extravios têm seqüência em outras narrativas. Em "Epidólia" a personagem também é construída por fragmentos desconexos do discurso alheio, passando do símbolo à degradação. Tanto pode ser alguém "que some e reaparece a cada experiência sentimental", como ser considerada "aquela rata". O desencontro aqui, anunciado desde as primeiras linhas, dá origem à perseguição que percorre todo o enredo, até o desfecho, com o grito, que também ressoa em outros textos, clamando pela mulher desaparecida.

A exemplo do que já ocorreu em "Mariazinha", o tempo e o espaço sofrem contínuas metamorfoses. Mas talvez uma afinidade maior enlace este conto a "Marina, a Intangível". Ambos comentam o processo criativo sob a máscara de uma mulher, e se encerram com o cortejo bufo, como a zombar dos que acreditam na acessibilidade da poesia.

"Petúnia" é um caso exemplar da mistura de elementos disparatados, aproximando-se de uma pastoral grotesca, com suas personagens-plantas, seus pássaros noturnos e cavalos-marinhos, que também funcionam como morcegos e cães de guarda. Do ponto de vista da tradição literária, a "literatura negra" moderna, a partir de Poe, referências mitológicas (Éolo, Cacilda e Mineides) se misturam ao folclore e a histórias infantis. Líricas brincadeiras de roda convivem com o fúnebre retrato de uma morta, que continuamente escorre e tem de ser retocado.

O enredo gira em torno de violentos conflitos familiares, indo dos interesses econômicos de dona Mineides — mais tarde ela estrangulará as netas-flores-petúnias —, ao conflito emocional de seu filho Éolo. Alienado e visionário, intimamente ligado à natureza, acaba por apunhalar a mulher de cujo ventre brotam incessantes flores negras. Mesmo enterrada, as pétalas crescem da terra como "prova do crime", à semelhança do conto infantil da enteada assassinada, cujos cabelos também surgem da terra e cantam ao vento para denunciar a madrasta.

A chave do conto talvez esteja na inquietação de Éolo, o deus dos ventos, que é deslocado de seu *habitat* épico para os contos populares. A sublimidade se amesquinha com conflitos familiares, indicando a desarmonia do homem com a natureza. Essa conclusão não deixa de inverter a proposta harmoniosa de "Concerto",[5] de Carlos Drummond de Andrade, que transforma suas flores, não em crianças, mas em instrumentos de música; mergulhados na "terra úmida", tais instrumentos fazem de um jardim "uma sonata que não se sabia sonata".

As referências à mitologia retornam em "Aglaia", nome da mais jovem das três Graças, casada com um homem sugestivamente chamado Colebra. Mas o conto faz em pedaços qualquer alusão mitológica ou bíblica, pois gira ao redor da preservação de fortunas herdadas, testamentos, o horror da pobreza e o medo de retroceder "na escala social". A falta de generosidade de um personagem (casamento com separação de bens) se casa com a ganância do outro ("O dinheiro era sua idéia fixa"). Esse motivo é dedilhado na clave da luxúria e das paixões materiais, cujo "parto" é uma vida de horror e multiplicação do vício: apesar dos anticoncepcionais os filhos vêm em "ninhadas", nascendo "até vinte dias após a fecundação", "do tamanho de uma cobaia", até o surgimento aberrante das "primeiras filhas de olhos de vidro".

5. Carlos Drummond de Andrade, "Concerto", em *Boitempo*. Rio de Janeiro, Sabiá, 1968, p. 104.

"O convidado", com os mesmos cacos mitológicos e extravios de toda ordem, pode ser resumido numa das frases finais: "O porteiro recebeu-o com a cordialidade cansativa dos que naquela noite tudo fizeram para integrá-lo num mundo desprovido de sentido". Como "O convidado" foi o título escolhido para batizar o volume, podemos supor que o clima de pesadelo pouco a pouco estabelecido pode funcionar como módulo para regular as proporções e variações dos outros contos.

Algum nexo, por exemplo, o prende a "Os comensais", último conto do volume, embora neste a trama surja mais límpida, como convém a certo acento trágico: a transformação de um homem, de sentimental a sádico, a partir da mudança para a cidade grande e do esquecimento de Hebe, amor adolescente. Assim se configura o erro fatal e irremediável de Jadon. Num restaurante de mortos-vivos, escorço do mundo administrado da cidade, Hebe já se transformou "numa coisa gelatinosa". Quando sacudida, bate as pálpebras, como uma boneca de massa grudada no assento.[6] No final Jadon se reduz a esse mesmo estado, com olhos embaçados, perdidos no vazio.

"Botão-de-rosa" talvez seja a paródia mais grotesca do volume. Seu personagem-título é o próprio Cristo transformado em dândi, preocupado com os longos cabelos e com a toalete. É acusado de engravidar coletivamente todas as mulheres do lugar, dos oito aos oitenta anos, eis o milagre. Outra acusação fala de tráfico de heroína.

Botão é líder de um conjunto de guitarras, formado por seus doze companheiros, cujos nomes aludem comicamente aos doze apóstolos. Aliás, foi traído por Judô e da multidão ouve as ordens: "Lincha! Mata! Esfola!".

6. Note-se o parentesco entre ela e outras personagens murilianas, como as filhas de "Aglaia", com olhos de vidro, ou Cris, com seu "sorriso de massa", em "A lua".

Mas a energia do conto se concentra na crítica da corrupção total da justiça. O juiz autoritário é o maior proprietário da localidade, advogados são cooptados, a pena de morte retorna à legislação, embora abolida "cem anos atrás". O prisioneiro é torturado e espancado, cena a que os militares assistem complacentes. Botão-de-Rosa suporta tudo com estoicismo e, como qualquer popular, é executado ao amanhecer, numa praça deserta. "Abaixou a cabeça: esquecerão, sempre esquecemos" é sua reflexão final, que passa longe da blasfêmia, mas muito perto de nossa memória histórica.

Para finalizar, recordamos que de Morandi se diz que pintou quadros abstratos utilizando vasos e garrafas como pretextos formais. Murilo Rubião também usou as formas corriqueiras de nossa vida e de nossa história, mas como suportes de um tipo de realismo levado ao limite — o que também se chama fantástico, ou absurdo, ou realismo mágico.

CRONOLOGIA

1916 1º de junho — Nasce Murilo Eugênio Rubião em Silvestre Ferraz, hoje Carmo de Minas (MG), filho do filólogo Eugênio Álvares Rubião e de Maria Antonieta Ferreira Rubião. Vive na cidade natal até completar um ano de idade.

Murilo aos 19 anos, em 1935.

1928 Termina o curso primário no Grupo Escolar Afonso Pena, de Belo Horizonte, depois de haver estudado nas cidades de Conceição do Rio Verde e Passa Quatro.

1935 Termina o curso ginasial, no Colégio Arnaldo, de Belo Horizonte. É o orador da turma.

1938 Aluno da Faculdade de Direito da Universidade de Minas Gerais.

Funda, com outros estudantes, a revista literária *Tentativa*.

Com Fernando Sabino e Hélio Pellegrino, em Belo Horizonte, nos anos 40.

1939 Começa, na *Folha de Minas*, sua carreira jornalística.

1940 Redator da revista *Belo Horizonte*.

Com Alphonsus de Guimaraens Filho, Hélio Pellegrino e Mário de Andrade, no Parque Municipal de Belo Horizonte, em 1944.

Em 1947, ano em que lançou seu primeiro livro, O ex-mágico.

1942 Forma-se em direito.

1943 Diretor da Rádio Inconfidência, do governo de Minas Gerais.

1945 Chefia, em janeiro, a delegação mineira que participa, em São Paulo, do histórico I Congresso Brasileiro de Escritores, que contribuirá para a derrubada, em outubro, da ditadura do Estado Novo (1939-45).

Presidente da seção mineira da Associação Brasileira de Escritores.

1946 Oficial-de-gabinete do interventor federal em Minas, João Beraldo.

1947 Publica seu primeiro livro, *O ex-mágico*, de contos.

1948 Diretor do Serviço de Radiodifusão do Estado de Minas Gerais.

O ex-mágico ganha o prêmio Othon Lynch Bezerra de Melo, da Academia Mineira de Letras.

1949 Muda-se para o Rio de Janeiro, como chefe da Comissão do Vale do Rio São Francisco.

1951 Oficial-de-gabinete do governador de Minas, Juscelino Kubitschek.

Com Juscelino Kubitschek, governador de Minas, no início dos anos 50.

Diretor interino da Imprensa Oficial do Estado de Minas Gerais e da *Folha de Minas*.

1952 Chefe de gabinete do governador Juscelino Kubitschek.

Em Madri (1957).

1953 Publica o livro de contos *A estrela vermelha*.

1956 Chefe do Escritório de Propaganda e Expansão Comercial do Brasil em Madri, na Espanha. É também adido à Embaixada do Brasil.

1960 Volta para o Brasil.

1961 Redator da Imprensa Oficial, em Belo Horizonte.

1965 Publica *Os dragões e outros contos*.

1966 Cria, na Imprensa Oficial, o *Suplemento Literário* do *Minas Gerais*, semanário que, sob o seu comando, será por alguns anos uma das melhores publicações do gênero no país.

1967 Diretor da Rádio Inconfidência.

1969 Afasta-se da direção do *Suplemento Literário* e assume a chefia do Departamento de Publicações da Imprensa Oficial do Estado.

1974 Publica dois livros de contos: *O pirotécnico Zacarias* e *O convidado*. O primeiro se converte em best-seller e Murilo Rubião, aos 58 anos, se torna finalmente conhecido do grande público.

1975 Diretor de Publicações e Divulgação da Imprensa Oficial do Estado.

Aposenta-se no serviço público.

Com *O pirotécnico Zacarias*, ganha o prêmio Luísa Cláudio de Sousa, do Pen Club do Brasil.

1978 Publica *A Casa do Girassol Vermelho*, contos.

1979 *O ex-mágico* é traduzido nos Estados Unidos (*The ex-magician and other stories*).

O conto "A armadilha" é adaptado para o cinema, num curta-metragem do diretor Henrique Faulhaber.

1981 *O pirotécnico Zacarias* é traduzido na Alemanha (*Der Feuerwerker Zacharias*).

Com o memorialista Pedro Nava e o poeta Abgar Renault, em Belo Horizonte, no anos 70.

O professor Jorge Schwartz publica o estudo *Murilo Rubião: a poética do Uroboro*.

O conto "O pirotécnico Zacarias" é adaptado para o cinema, num curta-metragem de Paulo Laborne.

1982 *Murilo Rubião — Literatura comentada*, coletânea de contos organizada por Jorge Schwartz.

1983 Diretor, uma vez mais, da Imprensa Oficial do Estado de Minas Gerais.

1984 *O ex-mágico* sai em edição de bolso nos Estados Unidos.

1986 É publicada na Checoslováquia (atual República Checa) uma coletânea de contos de Murilo Rubião, com o título *A Casa* *do Girassol Vermelho* (*Dum u Cerveké Slunecnice*).

1987 Edição especial do *Suplemento Literário* do *Minas Gerais* comemora os quarenta anos do lançamento de *O ex-mágico*.

O conto "O ex-mágico da Taberna Minhota" é adaptado para o cinema, num curta-metragem de Rafael Conde.

1988 Lançamento de *O pirotécnico Zacarias* e *A Casa do Girassol Vermelho* (edição dupla).

Obras de Murilo Rubião são adotadas em cursos de português na França.

1990 Publica *O homem do boné cinzento e outras histórias*.

1991 16 de setembro: morre, de câncer, em Belo Horizonte, aos 75 anos.

21 de setembro: cinco dias depois da morte do escritor, é inaugurada no Palácio das Artes, em Belo Horizonte, a mostra *Murilo Rubião: Construtor do absurdo*.

1998 Sai *Contos reunidos*.

1999 Lançamento de *O pirotécnico Zacarias e outros contos escolhidos*.

2002 O conto "O bloqueio" é adaptado para o cinema, num curta-metragem de animação de Cláudio de Oliveira.

2004 Edição de *Contos de Murilo Rubião*.

2006 Com *O pirotécnico Zacarias e outros contos* e *A Casa do Girassol Vermelho e outros contos*, ambos em nova seleção, a Companhia das Letras começa a relançar a obra de Murilo Rubião.

4 de setembro: é inaugurada no Palácio das Artes, em Belo Horizonte, a mostra *Murilo Rubião 90 anos – Murilianas*, que será montada em seguida (31 de outubro) na cidade mineira de Ipatinga.

2007 A Companhia das Letras conclui o relançamento da obra de Murilo Rubião com *O homem do boné cinzento e outros contos*.

A obra de Murilo Rubião

Livros:

O ex-mágico. Rio de Janeiro, Universal, 1947.

A estrela vermelha. Rio de Janeiro, Hipocampo, 1953.

Os dragões e outros contos. Belo Horizonte, Movimento-Perspectiva, 1965.

O pirotécnico Zacarias. Prefácio de Davi Arrigucci Jr. São Paulo, Ática, 1974. 13ª ed. 1988.

O convidado. Prefácio de Jorge Schwartz. São Paulo, Quíron, 1974. 3ª ed., Ática, 1983.

A Casa do Girassol Vermelho. Prefácio de Eliane Zagury. São Paulo, Ática, 1978. 3ª ed. 1980.

Murilo Rubião — Literatura comentada. São Paulo, Abril Educação, 1982.

O pirotécnico Zacarias e *A Casa do Girassol Vermelho* (edição dupla). Prefácio de Humberto Werneck. São Paulo, Clube do Livro, 1988.

O homem do boné cinzento e outras histórias. São Paulo, Ática, 1990.

Contos reunidos. São Paulo, Ática, 1998.

O pirotécnico Zacarias e outros contos escolhidos. Porto Alegre, L&PM Pocket, 1999.

Contos de Murilo Rubião. Coleção O Encanto do Conto, ilustrado por Angelo Abu. São Paulo, Difusão Cultural do Livro, 2004.

O ex-mágico da Taberna Minhota. Ilustrado por Ana Raquel. São Paulo, Difusão Cultural do Livro, 2004.

O pirotécnico Zacarias e outros contos (nova seleção). Posfácio de Jorge Schwartz. São Paulo, Companhia das Letras, 2006.

A Casa do Girassol Vermelho e outros contos (nova seleção). Posfácio de Sérgio Alcides. São Paulo, Companhia das Letras, 2006.

O homem do boné cinzento e outros contos (nova seleção). Posfácio de Vilma Arêas e Fábio Dobashi Furuzato.

No exterior:

The ex-magician and other stories. Nova York, Harper & Row, 1979. 2ª ed. (de bolso), Avon Books, 1984.
Der Feuerwerker Zacharias. Frankfurt, Suhrkamp Verlag, 1981.
Dum u Cerveké Slunecnice. Praga (Checoslováquia), Odeon, 1986.
La casa del girasol rojo y otros relatos. Madri, Grupo Libro 88, 1991.

Murilo Rubião tem contos publicados em antologias, revistas e jornais de muitos países, entre eles Alemanha, Argentina, Bulgária, Canadá, Colômbia, Espanha, Estados Unidos, França, Itália, México, Noruega, Polônia, Portugal, República Checa e Venezuela.

Cinema:

Quatro contos de Murilo Rubião já foram adaptados para o cinema:

A armadilha. Roteiro e direção: Henrique Faulhaber. 1979 (curta-metragem).
O pirotécnico Zacarias. Roteiro e direção: Paulo Laborne. 1981 (curta-metragem).
O ex-mágico da Taberna Minhota. Roteiro e direção: Rafael Conde. 1987 (curta-metragem).
O bloqueio. Roteiro e direção: Cláudio de Oliveira. 2002 (animação, curta-metragem).

Teatro:

The piranha lounge. Peça teatral baseada na obra de Murilo Rubião (vários contos). Direção: André Pink. Cia. Dende Collective, Londres, 2002.

O ex-mágico. Adaptação para o teatro de Emmanuel Nogueira. Direção Jean Nogueira. Cia. de Teatro Livre Mente. Juazeiro do Norte, Ceará, 2004.

O ex-mágico da Taberna Minhota. Série Contos da Meia-noite. Rádio e Televisão Cultura. São Paulo, 2004.

Sobre sua obra:

Além de dezenas de artigos publicados em revistas e jornais, a obra de Murilo Rubião já foi estudada em mais de quarenta teses de doutorado e dissertações de mestrado, no Brasil e no exterior.

ESTA OBRA FOI COMPOSTA POR RITA DA COSTA AGUIAR EM
FILOSOFIA E IMPRESSA EM OFSETE PELA GRÁFICA BARTIRA SOBRE
PAPEL PÓLEN BOLD DA SUZANO PAPEL E CELULOSE PARA
A EDITORA SCHWARCZ EM MAIO DE 2007